郑辰雨———

〔苹果姐姐〕

著

606 Days
Without a Lease

中信出版集团 · 北京

图书在版编目（CIP）数据

不租房的 606 天 / 郑辰雨著 . -- 北京：中信出版社，
2018.10〔2020.11 重印〕
ISBN 978-7-5086-9220-3

Ⅰ.①不… Ⅱ.①郑… Ⅲ.①散文集—中国—当代
Ⅳ.①I267

中国版本图书馆 CIP 数据核字〔2018〕第 155593 号

不租房的 606 天

著　　者：郑辰雨〔苹果姐姐〕
出版发行：中信出版集团股份有限公司
　　　　　〔北京市朝阳区惠新东街甲 4 号富盛大厦 2 座　邮编　100029〕
承 印 者：北京盛通印刷股份有限公司

开　　本：880mm×1230mm　1/32　　印　张：10　　字　数：233 千字
版　　次：2018 年 10 月第 1 版　　　印　次：2020 年 11 月第 5 次印刷
书　　号：ISBN 978-7-5086-9220-3
定　　价：52.00 元

献给我的父母、房东盖乐普夫妇，以及在追梦路上的你如果在城市的每个街区都有一个家，是怎样的体验？

改变一成不变，做生活方式混血的世界公民

辰雨，保持初心，要永远面带微笑，不断前行。(Chenyu, never change, never stop moving, but remember to never stop smiling.)

这是我手账里的第一条留言，来自好莱坞制片人扎克。这句话与我的人生态度不谋而合，回首过去十多年，无论是留学、工作、画画，还是开展 365 天住民宿的生活实验[1]，无不是在保持初心，坚持自我，微笑面对。

● 高中留学，第一次迷失与自我挣扎

我出生在安徽芜湖市的一个教师家庭，中考时以全市第三名的成绩考入了省级理科实验班，上清华、北大是家人和老师对我的期望，而我却想走得更远。

妈妈年轻时去南京考托福，带上了 3 岁的我，那是我初次接触"出国"的概念，但一切准备好后，妈妈的美国签证却意外被拒。三年级时，学会拨号上网后，我推开了互联网的大门。在留学论坛上，学长们的分享和一对一的聊天给了我启发，让我意识到可以完成妈妈未完成的梦想。我第一次明白，无论身在何处，只要通过互联网，陌生人也会帮助我。

从那时起，漂洋过海去感受更广阔的世界成了我的梦想。之后，我

---

1 365 天住民宿是我坚持了一年的生活实验，而 606 天不租房是后来继续保持的生活状态。实验结束后，我依然以民宿为家，探索家的不同形式和意义。

开始疯狂地准备托福考试，除了所有课余时间，甚至连上课都在偷偷地背单词。

2006 年 4 月，我收到了美国排名前十的霍奇基斯寄宿高中（The Hotchkiss School）的录取通知书，并努力争取到了全额奖学金。对于生长在江南小城的我，就像突然获得了一次去太空探险的珍贵机会。

于是，我没有如期参加奥林匹克竞赛，而是一个人提着三个加起来超过 100 斤的箱子，辗转 16 个小时的飞机，跨越太平洋，去美国独自面对未知。

当飞机降落在纽约肯尼迪机场时，我预感生活将会发生翻天覆地的变化。一直读公立学校的我，即将在不到 600 人的私立"贵族"学校开始全新生活。学校在风景如画的郊区，依山傍水，同窗都是金融大鳄、地产大亨的孩子。我，是在做梦吗？

漆黑的夜晚，我搭上校车一路向北，窗外密集的杉树树影令我至今难忘。夜里 12 点，车在红砖宿舍楼前停下，我费力把箱子拖上三楼。

刚到美国的前三个月，我无法适应环境。学校每周的全校大会有一半听不懂，化学课更像在听天书，我看到烧瓶和试管感觉特别亲切，就是开不了口。面对同学们 "What' s up?"（你今天如何？）的问候，我只能用中学英语课本的标准答案回答。曾经烂熟于心的红宝书和《老友记》台词好像都帮不上忙，加上不自信，我陷入了自卑中。

周围的同学都是"贵族"出身，让我不知如何定位自己。无数个深夜自问，为什么要来美国？合上日记本，我闭上眼睛，心中默念："如果 17 岁的我敢只身飞来美国，把 100 斤的箱子搬上三楼，那我就没有什么可畏惧的。"

那是我第一次迷失与自我挣扎。

● "美国爸爸"让我打开心扉

经过几个月的适应,我逐渐变得开朗积极。这还要感激我的美术老师兼辅导员诺伊斯先生,他就像我的"美国爸爸"。是他鼓励我要有自己的创造力,不断突破自我。他说过:"宁愿画得不像,也不要原样照抄。"

记得一个作业是,根据德国表现主义画法创作10幅自画像。我在画室,面对镜中的自己挥笔泼墨,最后甚至直接用调色刀当画笔。画完后,我把作品分享给一些朋友看,得到的却是"太抽象""不好看"之类的评价。我很沮丧,并把画了一半的自画像直接扔进了垃圾箱。但诺伊斯先生知道这件事后,却鼓励我说:"要忠于你的风格,相信自己。"

慢慢地,我不再给自己设限,画画也成了我最大的乐趣。一年后,我提交给普林斯顿大学的申请书是一篇插画文,而麻省理工学院这所理科名校,也因为我对画的热爱而抛出了橄榄枝。我第一次摘到了"做真实自己"的果实。

在高中,我结识了一群热爱绘画的同学,加入越野长跑队,学习网球,在中文俱乐部向美国人介绍中国文化。美国同学金发碧眼,和我的黄皮肤、黑头发差异很大,但思想观念却没有我想象的那么不同。长跑比赛时,教练和队友们为我加油呐喊;庆祝春节时,美国同学围着我,等我用毛笔写下他们的中文名。或许,真正的交流障碍不是语言,而是内心的自我设防。不能在被别人否定之前,先否定了自己。

高中毕业时,我遇见了全新的自己,她勇敢、自信、乐观,和两年前的小姑娘不再是同一个人。

● 爱上民宿，源自寄宿

除了宿舍，学校在节假日给我安排了一个接待家庭——年过古稀的盖乐普（The Gallup）夫妇。爷爷比尔毕业于康奈尔大学，曾是儿科医生，他戴着大而厚的老花眼镜。而奶奶珍退休前在我的高中教导处工作，她面目慈祥，总是带着笑容。他们曾随美军在日本、加拿大等国生活，过去 35 年间，接待了 70 多位国际学生和背包客。

这是我第一次住在陌生人家里，他们的家是森林深处的一座棕色木屋。屋外有一片菜地，因为时常有野鹿和熊造访，留下脚印，比尔爷爷围了一人高的栅栏。

寄宿高中的两年，我经常到盖乐普夫妇家过周末。春日，我和比尔爷爷用望远镜看飞鸟；夏日，和珍奶奶用剪刀修树枝；秋日，和奶奶在隔壁果园摘果子；冬日，和爷爷用铲子除雪。刚到美国不久，我就赶上了第一个感恩节，爷爷奶奶采购了满满一车菜，还准备了火鸡。我给爸爸打越洋电话，请教做菜方法，给他们做凉拌茄子、红豆稀饭和萝卜排骨汤，最后还把厨房里放了许久、他们不知如何做的龙口粉丝加到了汤里。那个感恩节，我第一次在异国他乡品尝到"家"的味道。

普林斯顿大学离盖乐普夫妇家有 4 小时的火车车程。读大学时，我每年都会回高中看望二老，一起做早餐，帮爷爷烘焙面包。2012 年，年过八十的盖乐普夫妇参加了我的大学毕业典礼。他们已经成为我在大洋彼岸的亲人，并在我心中播下了以诚待人的种子，让我爱上了住在当地人家里的旅行方式。

我有勇气走上住民宿这条路，离不开盖乐普夫妇给予的关爱。小时候，我的生活一直是两点一线，所有的努力都是为了考上最好的大学。

高中时第一次走出国门，步入未曾想象过的世界，遇见美国爷爷奶奶。他们的善良融化了我封闭的内心，让我放下戒备心，去探索、相信并拥抱世界的美好。

2017年3月，新英格兰还在飘雪，我再次去看望爷爷奶奶。他们搬进了养老院，不再有客房，却依然接待了我。他们在书房放了一张气垫床，铺上了洁白的床单和印花枕头，书桌上立着我半年前寄来的手绘菠萝明信片。

奶奶问我："这一年没怎么收到你的邮件，遇到什么困难了吗？"我对她说："我正处在两个选择的挣扎中——是继续在硅谷打拼，还是走民宿之路？我想把住民宿的经历写成书，但是挤不出时间，我害怕忘记这些宝贵的故事带给我的触动。这种状态让我无比疲惫，身体也亮起了红灯。"

在回程的火车上，我翻开奶奶的留言：

> 辰雨，你长成大姑娘了，经历也更丰富了。请不要忘记初心，坚持做自己喜欢的事，无论是旅行还是画画，它们带给你力量，会赋予你更有意义的人生。
>
> 你的第一位民宿房东珍

"旅行""画画""更有意义的人生"这些词语在我脑中反复回放。我哭了，心中更坚定从优步（Uber）总部辞职的选择，追随内心，也接受这条路上将会遇到的挫折和艰难。

珍坐在客厅的沙发上。夫妻俩收藏了很多精装书

● 生活方式混血的世界公民

普林斯顿大学的校训是"做世界公民，为世界服务"，并设立了不同的奖学金鼓励游学和义工。我把这句话牢记在心，努力申请奖学金，去世界各地游学。我选择住进当地人家里，感受不同的文化和生活，不断打破自己的舒适区。

在非洲加纳做义工时，当地小学生眨巴着眼和我聊功夫和李小龙。他们虽然物资极度匮乏，却始终面带笑容，充满活力。在英国牛津大学交流时，我从留学生公寓搬出来，和五位英国女生合住，只为了增加更多了解英国的机会。

游学和民宿组成了我的大学时光，在探索自己和世界的过程中，我不断让生活混血，努力成为"世界公民"。

为了减少交流的障碍，我选修了西班牙语，并憧憬着本科毕业后能到哥伦比亚的农场工作一年，或者去加州的硅谷加入一支创业团队。但事实上，我需要工作签证才能留在美国，于是循着"普林斯顿投行女"的既定职业路径，我挤进了摩根士丹利投资银行的纽约总部，那是2012年6月。

● 离开华尔街，找到人生的"网球"

在华尔街工作的一年，我在格子间中煎熬，而心依旧牵挂着硅谷，一直寻找着机会。相对于美国东部循规蹈矩的生活，我更向往西海岸充满活力的硅谷，"改变世界"不是口号，而是实干的创业孵化器。2013年6月，硅谷明星公司多宝箱（Dropbox）的创始人德鲁·休斯敦（Drew

Houston）在麻省理工学院毕业典礼的演讲唤醒了我。他说：

> 工作最认真的人不是因为他们自律，而是因为他们在解决切实的问题，并且解决问题的过程让他们每天精神振奋……而我的另一些朋友，每天加班、工资很高，但是他们常常抱怨，好像自己被格子间铐住了。

一瞬间我被戳中了，热泪盈眶，因为我就是他口中的"另一些朋友"。我想要改变，却不知从何下手。德鲁给毕业生的人生信条是"网球""圆圈"和"三万天"。"网球"代表我们所热衷的事情，把网球扔出去，小狗会追着网球疯狂奔跑，意思是人应该追求自己热爱的事业并为之奋斗。"圆圈"的意思是，每个人都会被身边接触最密切的五个人所影响，这五个人就是你的圈子，因此要多和给你启发的人相处。而人生只有"三万天"，我们永远没有准备好的那一天，所以想到什么就去做。

在找到"网球"后，就应该马上付诸努力，只有尝试了才知道如何改进，才能离梦想更近。

那时，在硅谷求职遭遇连连碰壁，心灰意冷的我突发奇想:或许"硅谷梦"有另一种途径去实现——用画画讲故事，传递创业精神。我决定画出让人敬佩的硅谷创业者:特斯拉的马斯克、脸书的扎克伯格和桑德伯格等，他们用激情和创新产品颠覆并创造着历史。我给这个系列命名为"创业巨人"。

接下来的100天内，我拒绝了所有社交活动，每天下班后直奔地铁站，回家简单吃两口饭，就在客厅支好画板，拿起画笔，边听创业者演讲边创作。进入画画状态后，经常一画就到凌晨三四点。3 个月后，我终于完成了硅谷创业家的 15 幅肖像画，并争取到在红杉资本纽约峰会上展画的机会，而德鲁·休斯敦是主讲嘉宾。这一次，我好像找到了自己的"网球"，像放了链子的小狗，追着它前行。

人生第一次画展上就见到了德鲁，他给了我一个拥抱，并与我留影、为我签名。同时，美国当红匿名社交软件耳语（Whisper）创始人邀我加入开拓中国市场。1 个月后，我从华尔街辞职，从纽约搬去了阳光灿烂的洛杉矶。

原来随心而行，努力到极致，机会就会来敲门。

画展结束一年后，我把这段经历写成了文章——《改变我人生轨迹的一幅画》，意外收到了很多读者的反馈，才知道我的思考和体会可以带给别人启发和勇气。

创业者画像在纽约高线公园展出

● 改变人生的阳朔之旅

2012 年大学毕业后和父母一起旅行，是我第一次预订民宿，在纽约的皇后区和曼哈顿入住了两家民宿，那种感觉就像穿上了一双合脚的鞋，舒适自在。隐约中，我感觉民宿是实现走遍世界、深入了解当地文化的最好方式。

从纽约到洛杉矶，再到深圳组建耳语社交软件的中国团队，创业的繁忙和压力让我没时间去旅行。2015 年 9 月，我迫切地想从创业的快节奏中放空一下，于是独自去了阳朔。在那里，我遇到了背包客、民宿老板和手工匠人，也激发了心底对老建筑改造和乡土文化的挚爱。

当我走进一家客栈，看到斗笠、鱼篓等原生态装饰物，以及它们散发出的乡土味道；看着透明大厨房里一起做饭的中外游客，即使语言不通也可以友好相待；我似乎找到了属于自己的空间，再也迈不开步。

这 8 天 7 夜，仿佛度过了一段浓缩的人生，我不仅迅速融入当地民宿和咖啡馆圈子，还在漓江边邂逅了我非常欣赏的设计师团队。我辗转于 4 家风格迥异的民宿，发现原来一直搬家、轻装上路的日子是可行的，而且能够快节奏尝遍人生百态。

阳朔之行，于我的意义像是工厂打样成功了，让我萌生了长期住民宿的想法。

● 以民宿为家，爱上天使之城洛杉矶

阳朔之行后不久，我结束了 14 个月的创业，从深圳搬回耳语的美国总部工作。天使之城洛杉矶对我来说既熟悉又陌生：熟悉是因为曾在

洛杉矶住过一年，陌生是因为洛杉矶太大了，不会开车的我出行不便，而要好的朋友大部分还在纽约和旧金山。

我是个好奇心很重的人，每次走在洛杉矶街头，我总想知道那些先锋建筑的主人是谁，有怎样的故事。现在通过民宿，我可以和房主成为短暂的室友。

洛杉矶和深圳一样气候温暖，不需要冬季大衣，所以我随身只带了一个旅行箱。经历了国内创业，我更加坚定要去硅谷。如果在洛杉矶租房，我怕被一年的合同束缚住，不能随时搬去硅谷。而作为美国西部最大的城市，洛杉矶民宿发达，我上班地点附近就有上百家民宿。一次骑车上班的路上，我在脑海里勾勒了一份民宿计划：周一到周四住在公司附近，周末搬去不同的街区，用双休日深度融入当地，让民宿、咖啡馆、瑜伽馆成为我的眼睛。

试想一下，在每个街区都有一个家，会是怎样一种体验？

就这样，一个月里，我住进了木屋、画廊、城堡，遇见了建筑师、音乐人、导演，洛杉矶的房东和好莱坞大片一样绚丽多彩，这个月就像是哥伦布发现新大陆，找回了在阳朔时的兴奋感。于是我做出一个大胆的决定：用一年365天时间住民宿，去探索家的无限可能，遇见有趣的房东，学习室内设计和处世之道。我能通过身体力行，做一件疯狂的事情，尝试一种新的生活方式吗？

白天工作，晚上和周末住民宿，我还利用一切空闲时间申请硅谷的工作，每月打爆电话，飞去硅谷过周末更是常事。每次有人问我："你住哪里？"我都会说："70%洛杉矶，30%硅谷。"

2016年初，因为有深圳创业和跨国公司任职的经历，优步总部录用了我，我的硅谷梦终于实现了。

拿到录用通知的那一刻，我突然有些犹豫，因为住了7个月民宿后，我认识了一个全新的洛杉矶，感受到它的活力与能量，更收获了几十个当地的新朋友，他们来自各行各业：民航机长、心理咨询师、旧物店老板、律师等，都是一些平时我不可能深度接触的人。想到这里，我对洛杉矶的不舍更加强烈。最后，我把入职时间从2月推到4月，想利用剩下的日子，去探索和感受洛杉矶。

高中和大学的游学经历，让我住进不同人的家里，也看到了家的多样性，我发现家不一定是四四方方的屋子，它也可以是爱丽丝的后花园、童年的树屋、海滩的房车。我们是否可以在世界每个角落找到归属感？

我意识到硅谷梦不是我的唯一梦想，民宿才是。但是努力了4年，从纽约到洛杉矶再到深圳，现在又回洛杉矶，我放弃了很多机会。曲线救国，不就是为了去硅谷吗？而优步又是当时最火热、实干的公司。我最后选择了搬去硅谷，加入优步，而不是全职探索民宿。

临行前，我组织了一场房东派对，让他们互相认识，那是我最开心的一天。因为住民宿，我爱上了洛杉矶，这座曾让我充满孤独感的城市。

● 来自民宿创业者的鼓励

因为住民宿，我了解了一位民宿创业者的故事，也意外收获了我的精神导师。

设计师出身的乔·杰比亚（Joe Gebbia）是爱彼迎产品的灵魂人物。乔多次走访日本，去修禅宗，拜访传统木匠。他喜欢巴西柔术，也爱篮球和乔丹鞋，还领养了一只爱犬贝洛（Belo）。Belo是爱彼迎的核心价值观——归属感（Belong）——的缩写。

印象最深的是乔的 TED[1] 演讲，开场时，他让观众将手机解锁并与邻座交换，然后问大家那一刻的心情，"那就是房东第一次打开家门给陌生人的感觉"。我理解了乔是要通过产品设计，建立起陌生人之间的信任。我跟着他的书单学习同理心、设计理念和领导力。乔是一位不用拜访，通过互联网，就能获取其思想精华的导师。

乔的创业故事也激励着我。他的公司创业初期的几年，曾经 9 次濒临倒闭。遭受投资人接连不断拒绝后，乔和搭档布莱恩想尽办法融资。借着 2008 年美国大选的契机和艺术专业才能，卖了 1000 盒 "奥巴马" 麦圈早餐，融到了第一笔资金 3 万美元。

乔是最早在照片墙（Instagram）上关注我 365 天住民宿项目的人之一。从洛杉矶到墨西哥城，他的每一次点赞都是一份鼓励。这个过程中，很多次我都想放弃：当暴风雪导致飞机航班取消，即将露宿街头时；当好莱坞导演深夜 11 点对我发脾气，让我立刻搬走时；当凌晨 1 点在山中迷路，找不到森林里的蘑菇屋时……我会想起乔创业中的艰难、自己只身去美国读高中、连续 100 天熬夜画画最后遇见伯乐的经历和故事。它们化作精神支柱，支持着我克服每一个困难。不疯魔，不成活。或许乔教会我要有疯子般的坚持和在关键时刻化解难题的能力。

---

1 TED: 是 technology、entertainment、design（技术、娱乐、设计）三个英语单词的缩写，是美国的一家私有非营利机构，该机构以它组织的 TED 大会著称，这个会议的宗旨是"传播一切值得传播的创意"。

● 关于这本书

我的手账里有一句留言："最好的作品是你度过的时光。"而这本书，就是我那段时光的回放。我通过三条线来完成本书的写作：

探索家的可能性是一条线：拓展想象力的奇幻之家——树屋、蘑菇屋、房车。也有不同个体的生活态度——疗愈师特蕾西"只要相信，皆有可能"的价值观；画家托比每天都是工作日的态度；日本老人走过万水千山，最终回归本真自我的精致生活态度。

人与人的关系是第二条线：房东与房客之间善意的传递、被房东女儿赶出家门的尴尬以及文化差异闹出的小笑话。短期住民宿得到的是新鲜感，而长期住民宿是对做人做事的考验。

我的故事是第三条线：我对友谊的思考、对未知的态度和对坚持与梦想的理解。有人说我是一本分享经济的真人图书——有全职工作，以民宿为家，在住民宿的365天中，加入优步实现了"硅谷梦"，而优步的工作轨迹也融入民宿生活中。

365天住民宿，我没有辞职去旅行，却发现每一天都像在旅行。我遇见了不同的活法和多元的价值观，高度自律、秩序感、节能环保，而它们在我身上不断累积，潜移默化地影响了我。住民宿，就像是生活方式的混血。

一家家民宿组成了我的人生课堂，敲开不同人家的门时，我也敲开了通往自己内心的大门。我想清楚了自己现阶段必须做的事：放慢脚步，吸收每个房东带给我的人生智慧，将它们写出来。2017年，我按下暂停键，从硅谷辞职，边画画边写作。全职写作的一年里，我从社交圈抽离，独自面对电脑屏幕，在一个个细节中挣扎与取舍。写书的过程中，我回顾并梳理了十多年求学、工作、跨界尝试的经历，找到了做这件事的初心——改变一成不变，做生活方式混血的世界公民。

开始这个生活实验时，我处在迷茫中。是留在国内，还是回到洛杉矶？如何才能圆自己的"硅谷梦"？不长租房，让我可以随时搬去硅谷；住民宿，让我可以看到更多人的活法，探索这个时代，探索自己。

在快节奏的今天，或许我们不能每天都在旅途中，却可以时刻保持对生活的热忱。利用一个周末、一次小长假，换一个场景，在自己的城市旅行，遇见不同的生活方式，不功利地去结交志趣相投的人。我们并不是陌生人，只是还未相识的朋友。

在自己的城市旅行是一种态度：发现生活中的美好，培养对微小事物的敏锐感受力，给自己充电、获得力量再出发。

每个人都有自己的活法，这本书中，我分享了自己和不同房东的活法，它可能是一条线索、一盏灯，如果它启发了你对生活的思考，点燃了你的热情，也便是我做这件事的初衷。

When you open yourself up, the world will open to you.（当你敞开心扉，世界也会向你敞开。）

于 2018 年春

盖乐普夫妇的餐桌

目
录

Contents

第一章 奇屋：体验家的无限可能

放开想象力，便可看到大千世界。

We are only limited by our imagination.

第二章 早餐：恰到好处的社交美学

嗨，我们可以共进早餐吗？

Can we have breakfast together？

第三章 活法：99个人有99种人生

敲开当地人家门，住进他们的生活里。

Tonight, this is your home. Please enjoy.

第四章 相待:民宿路上的冷与暖

即使素不相识，也可友好相待。

Even those who don't know me care about me.

第五章 思考:做掌控生活的勇者

打破舒适区，遇见新的自己。

Flexibility, Perseverance, Courage.

放开想象力，便可看到大千世界。

We are only limited by our imagination.

第一章

————

奇屋：体验家的无限可能

童年树屋：百年橡树上永恒的爱

我的下巴上长了一颗好吃痣。那晚住在树屋里，我梦见自己吃到一碗荷包蛋面，在深深的拉面碗里睡了一觉，沉浸在浓汤的余温中。

梦醒了，满屋子无花果软甜的香气，我正躺在百年老橡树的怀抱里，它枝叶繁茂，伸展着手臂，触摸着湛蓝的天空和几米阳光。走到宽大的露台，置身在茂密的枝叶间，深吸一口气，远眺旧金山湾区的海景，绿色、蓝色、紫色逐层递变，在地平线处交融为一道金光。我忍不住踮起脚，把身子往枝叶里又送了一些。一只小蜂鸟突然从橡树叶丛中飞出，嗡嗡悬停在空中，离我那么近，近到我可以清晰地看到它的眼睛。

这间树屋在加州海滩边，被百年红树林和橡树簇拥，从 2009 年开始，接待了超过 35 个国家的 3800 多位客人。我把它存在心愿单上一年了，每次想预订都被订满，经过多次尝试，终于如愿入住，让童话变成现实。

← 房东道格为子女搭建的秋千，也成了每一位
　过客的童年回忆

加州海湾的百年树屋

驱车 20 分钟，我们沿着海湾开到了旧金山机场附近的小镇，明媚的阳光驱散了空气中湿冷的雾气。车停在一幢别墅前，推开铁门，沿着青石板上坡走到尽头，一只棕色的小狗兴奋地摇着尾巴来迎接我们。听到动静，房东道格马上出门热情招呼："欢迎！"他接过我的拉杆箱，询问旅途是否顺利。

放好行李后，他带我在院子里转了一圈。路过后院的鸡舍，道格笑着说："明天早餐可以吃它们下的蛋。"我和道格一起从他做的鸡舍里取了 6 个蛋，道格逗趣地对母鸡们说："Good job girls！"（姑娘们，太棒了！）

走过青石板路，一棵巨大的橡树赫然出现在面前。树冠向上生长，它枝干粗壮，看起来有些年代了，但仍是生机勃勃的样子。抵达道格家之前，我住过几次"树屋"，但看到的实景都是倚树而建的屋子，而这间树屋是真正的树屋，它像鸟巢一样安稳地筑在橡树张开的手臂中，随树的摆动而摆动、伸展而伸展。树屋没有插入地面的辅助支撑，树的枝干从树屋中穿出，伸向天空，二者巧妙结合，这间与树融为一体的屋子还原了"树屋"最本真的状态。

道格说起了树屋的由来："第一次走过青石板路时，前院这棵老橡树吸引了我，它树干粗壮，在离地面一米的地方开始分出枝杈，如双手掌心相托呈碗状伸向天空。这棵树已经扎根 150 余年，它才是这里的主人。"

屋里的上下铺紧挨着树干，爬梯子时，手扶着树干，触摸到绿叶，就像与大树一同呼吸。听到风吹过树枝嘎吱作响的声音，仿佛感受到树枝旺盛的生命力在蔓延、舒展。钻进这个没有

树屋小巧，上铺可睡两人，下铺是孩子们阅
读、休闲的空间

额外支架的树屋，晚上蜷缩在沙发床上看书，或者爬到上铺看电影，旅途的劳顿在这一刻都烟消云散，我享受着与这棵树在一起的时光。

树中有屋、屋中有树的匠心

道格曾在旧金山的金融街上班，现在他给特斯拉等公司提供新能源咨询。

因为橡树具有生长慢、寿命长、抗干旱、稳定性好的特点，道格决定就势而造，给三个孩子的童年建一个树屋。道格收集并钻研了所有关于树屋结构的书，从设计到完工，前后花了两年。

建树屋并不容易，道格说："在空中建房子比在地上难很多，很考验耐心，有时累了，我就坐在树枝上冥想。"两年里，搭建树屋成了他的周末日常，也是高压金融工作的调节剂。

道格让大儿子布莱特参与其中，既培养了儿子必要的生活技能，又成为极佳的亲子活动。"建造树屋的过程中，儿子很兴奋，他和妹妹们期盼着最终的成品，享受参与其中的成就感。"道格眼睛里闪着幸福的光。

"那时我儿子是班里的孩子王，放学后大家跟着他回家荡秋千，爬上树屋玩。"道格自豪地说。我想起小学时爸爸在后院挖了个沙坑，妈妈把一个长板凳翻过来，用绳子绑在两棵大树上，为我做成简易秋千。下课后大家相约来玩沙，我也成为邻居中的小太阳。道格和我父母都为孩子建造了承载快乐的游乐场。

这里的每一处设计，不仅有时间的沉淀，更透露了道格的独具匠心。树屋的墙面采用了回收木材，还预留了保护树枝的透明管，其中无不体现道格对树的爱护，而非凌驾于自然之上。通往树屋的楼梯分为两段，中间有一个三角形平台，可以休息和欣赏风景，这个细节也充分照顾到了恐高的客人，更加人性化。

因为树屋是为孩子建的，道格花了很多精力在考量安全和负重问题上，入住的客人不必担心树屋会有倒塌的危险。除了树屋的结构安全，道格也充分考虑了使用安全：屋顶有烟雾报警器，屋内有泡沫灭火器，以及使用家电的贴士，比如："请随手关灯，离开时关电暖炉""不可同时使用电水壶和电暖炉，会跳闸"等。只有对房客负责、对树呵护，树屋的寿命才能更长，或许不是 150 年，而是1500 年。

琳达的软装巧思

妻子琳达是摄影师也是室内设计师，双重职业背景让她将树屋的软装设计得极具童趣。

屋里散发着来自无花果的自然香气。环视四周，无论是牛皮纸上手写的贴士，还是桌上摆放的彩色小鸟杯子，都使房间透着一种朴实感。

一平方米不到的桌面上布满了琳达的巧思——盛着水的透明玻璃瓶外裹着红白方格布，倒水时如果外漏便于吸收。三块手工布朗尼作为迎客小礼物放在陶碗里，桌面的麻布上有一根白蜡烛，是烛光晚餐的必备用品。清晨的阳光正好洒在绿萝上，映着绿叶印花桌布。一支用羽毛装饰的笔静静地躺在访客手账上。

供房客睡觉的上铺空间很小，上去后要弓着背，却别有一番浪漫。枕边有手掌宽的木台，上面放着小台灯和风扇。罐子里有一副耳塞，因为树屋离机场不远，经常会有飞机轰鸣而过。

在树屋一角的牛皮纸袋上是琳达手写的 6 条"树的建议"：

Stand tall and proud（挺直腰板，自信自强）

Go out on a limb（敢于冒险）

Remember your roots（不忘初心）

Drink plenty of water（多喝水）

Be content with your natural beauty （以自然为美）

Enjoy the view （享受美景）

大树是充满智慧的，也是治愈的。日本木工大师三谷龙二说过："每当我们触摸树木时，曾经在森林中生活过的记忆就会复苏，似乎在内心的某处'寻找到自己的生命'。"住在树屋里也是补充能量、恢复元气的过程。

如果孩子在童年时，享受过在大自然里解放天性的野趣，那么对大自然的亲近和敬畏，会生长在他们的骨骼里。树屋不仅是游乐园，也是课堂。孩子们在大自然中汲取智慧，他们的世界就不只局限在四角的天空，而是在森林、草原和大海中。

有故事的手账

小时候看童话故事，我憧憬着长在树上的屋子。第一眼看到道格的树屋，就有似曾相识的感动，原来现实中真的存在这样一间树屋。或许没有什么爱，比用一木一钉、一凿一砌为孩子实现童年梦想更厚重了。而从 2009 年开始，这家人把私有的伊甸园分享给全世

↑ 羽毛笔和访客手账　　　　　　↓ 写在牛皮纸上的"树的建议"

界，也圆了人们心中的童话梦。世界各地的房客慕名而来，在树屋留下足迹，感受道格一家往昔的欢乐时光。

而感受这些故事的最好方式是阅读记录房客留言的手账。看到道格拿着十几本手账向我走来，我立马从秋千上跳下，坐在爬山虎旁的水泥凳上开始翻阅。读每一页都像福尔摩斯探案一样专注，每一则留言，都有一种发现宝藏的惊喜。

手账里有这样一句留言："谢谢你们把梦想分享给全世界。"我不禁想起琳达的手绘作品：一个短发的小姑娘捂住嘴，眼睛眯成一条缝，刘海随风而动。一只小鸟正展翅飞来，对她说："只要相信，就能飞翔。"（You can fly if you want to.）

厚厚的手账里，有妈妈带着孩子前来拜访的故事，有小孩笨拙却有趣的涂鸦，有情侣纪念日烛光晚餐的浪漫，也有作家在寻求灵感路上的肆意挥墨……它们一同见证了这个世界的温暖与美好，也一同书写了只属于这间树屋的历史。

大都市的钢筋混凝土禁锢了人的创造力，而在这间回归自然的小小树屋里，创造力更容易被激发出来。此时已经没有创作的高下之分，无论你留下的是哪一国文字，写下多么深情的语言，绘出多么精妙的画作，都不再重要。重要的是，我们对这间树屋有着一段共同的美好回忆。

这一刻我是一个旁观者，又是一个创作者。翻过一页页那些曾在这里发生的故事，就像电影一样在我脑海中回放。伴随着周围的啾啾鸟鸣，树枝随风簌簌摆动，我的思绪也随之飞扬，留下一整页手绘留言。

放下笔，我眺望远方，穿过层层叠叠的树桠，我看到了日落和海景，天边的晚霞燃起了橘红色的火光。

手账的封面都是琳达亲手缝制的　　琳达的手绘作品和家庭照片一起放在客厅
　　　　　　　　　　　　　　　　的壁炉上，好像是这家人的信念

BEST CHRISTMAS EXPERIENCE EVER!
Thank you
Best,
- Jaemin
12/25/17

Thank you
we ma[de]
memories
and Happ[y]
us
good
[Ch]ristmas
...ear! -Byong
12/25/17

Dear Doug & Linda,
We <u>loved</u> staying in your
treehouse! It is such a
special place and we are
happy you shared it
with us. We had a
wonderful time celebrating
Corbrae's 26th birthday. We
hope to come back again soon!
Thank you!

Smita & Corbrae
Oakland, CA

tree hose
of the wild

Corbrae Smith
2015

眼前的手账，承载的已经不再是游客的心境，而是整个树屋的底蕴。

潸然泪下的生死离别

当晚，我盖着琳达做的碎花被子入睡。早上从上铺下来时，发现被子上绣着"BH"的红色字样，询问房东才知道 BH 是大儿子的名字缩写。八年前，布莱特出车祸意外去世，年仅 19 岁。他留下了爱犬蕾拉，道格说："布莱特是乐队的吉他手，也是摇滚迷，他甚至用埃里克·克莱普顿（Eric Clapton）的一首歌给狗狗取名。"从此，道格的家人也把对布莱特的思念寄托在蕾拉身上。

道格坚信，是布莱特的善良引来世界各地的客人。他说："开民宿像变魔法，源源不断地把世界各地的朋友送到我家，每一次接待客人入住都是对布莱特的纪念。"

谁能想到，树屋背后还藏着一个令人潸然泪下的故事呢？琳达在和癌症抗争多年后，于 2015 年底病逝。这间树屋成了琳达留给两个女儿的特别礼物，也成了道格抚养小女儿的经济来源。

道格一家人都喜欢音乐，还在读大学的小女儿是一名歌手，周末在当地酒吧弹唱。第二天早上，我们在厨房相遇，她当时正在烘焙瑞士面包，并告诉我："这是妈妈教我的。"

道格靠在沙发上，说起他们夫妻的创业史，"琳达和我经营过一家高档家装买手店，前后 13 年，她擅长收集有故事的物件，尤其看中颜色和花纹设计。家里的被子和枕套都是她自己缝制的，现有的摆设也是她生前的模样。"

树屋承载着跨越生死的亲情，这份温暖滋润着过客。琳达用每一件小物，让已过世的儿子仿佛还活在这个世界上。道格也以同样的方式，让他的妻子永远活着。

老橡树枝繁叶茂，枝干伸向天空，逝去的人一直活在大家心里。这家人用爱浇灌着老橡树，时间也沉入回忆酿成的甘甜里，开出一朵永恒之花。或许和《寻梦环游记》的寓意一样：最终的死亡，是不再有人在生的世界记得你。

"琳达会很高兴认识你"

清晨被一缕阳光和树林里的鸟鸣唤醒，我爬下树屋和道格共进早餐。

一碟碟食物摆在红色印花桌布上，小女儿烘焙的面包放在方格布上的托盘里，陶碗里有自家土鸡蛋和自制酸奶果莓杯。

享用着原生态的早餐，我感叹道："这个树屋是有生命的。"道格说："这个树屋不仅仅是一晚的住宿，也让你参与到我们的生活中。你很细心，注意到了琳达设计的巧思，她会很高兴认识你。"

离开后，我常常想起树屋一夜，那晚我回到童年时光，化为橡树精灵，做了一个在拉面碗里睡觉的美梦。几周后，我在旧金山现代艺术博物馆的书店里翻阅到了道格的树屋。"我住过这里！"我兴奋地买了一本，立刻打车送到道格家，就想找个理由再次触摸这棵老橡树，听道格说树屋里发生的故事。

就这样，一次入住促生了我和道格友谊的萌芽，而在写这个故

↑ 道格一家的全家福　　　　　　↓ 道格的小女儿

事的过程中，我们的情谊也随着一来一往的通信而不断加深。 我时常翻看道格给我的留言，上面写道：

　　辰雨，谢谢你住进奇幻树屋。

　　很欣赏你对民宿的理解，

　　并把它传递给更多人。

　　大儿子给我们的启发：要做一个真实善良的人。

　　妻子给我们的启发：人生没有固定的轨迹，随心而行。

在"苹果姐姐"公众号输入"树屋"，观看童年树屋短片。

↑ 清晨可以吃到道格家的土鸡蛋、新鲜水果　　↓ 道格与我，橡树上的洞是啄木鸟留下的
　和当地的面包　　　　　　　　　　　　　　胡凌志/摄

nuances of this Authentic & very human way of travel.

I have come to learn that we learn special things that endure from those who go before us. From Brett – be authentic & above all Kind...
From Linda – there is no set path, just follow your heart...

Thank you for your visit.
Doug, Mackenzie & Chloe Studebaker

Chenyu & Amira —   7-5-2016

Thank you for coming to experience our treehouse & its majic. So happy that our paths have crossed, that we were able to share a few moments - the 5 of us. This is Airbnb. Bringing people together for a few moments. And it is wonderful. We admire your commitment, your reverence & your ability to conceptualize all the wonderful →

树屋
童年的梦想

treehouse
freehouse
secret you and me house
cozy high up in the branches
gh up as can be house

neat house
street house
e sure to wipe your feet house —
u's not my kind of house at all
ets go live in the Treehouse!

☺

Mackenzie
Studebaker

enjoy
Chloe's
bread! ☺

<u>LIFE LESSONS</u>
* authentic & above all kind
* no set path, just follow your heart

蘑菇屋：与世无争的全球最火民宿

每个翻看过我手账的朋友，都会问我里面那根鸡毛的来历。

一年过去了，脑海中还不时浮现出那个伸手不见五指的夜晚，那段从旧金山搭灰狗大巴到圣塔克鲁兹，再打优步前往蘑菇屋的冒险经历。

全球最火民宿房源

从 2009 年以来，这个被大树环抱的蘑菇屋基本没有空过，房源每周访问量近 4 万次，已经成为全球最火的民宿之一，连房东的孩子想入住，都需要提前预订。房源介绍上说，"如果想在夏天的周末入住，需要提前 9 个月预约"。

提前半年，我终于预订到一晚蘑菇屋。因为入住指南里提到"巴士站距离房源约 5 公里，如果没有车将寸步难行"，所以我特意提前拜托朋友捎我一程。不料出发前，原本答应捎我去蘑菇屋的朋友行程有变。我束手无策，正准备放弃时，房东吉蒂打来电话确认入住时间，听到我的难处后，她说："如果你真想来，还可以坐灰狗大巴。"我立刻查票，只剩一班晚上 9 点开往圣塔克鲁兹的车，预计夜里 1 点到。

"我一定会来！"我向她保证。

于是吉蒂给我留了夜灯，没有锁门，方便自行入住。

夜寻蘑菇屋

晚上 8 点 40 分，赶完微信公众号推送，我跳上灰狗大巴。抵达冲浪之城圣塔克鲁兹汽车站，再打上优步，前往仍有 20 分钟车程的蘑菇屋。司机热情地向我介绍他的家乡，愉快的交谈让时间过得很快。

车慢慢驶入红树林，路标越来越少，直至消失。车行至森林深处的小岔路时，手机完全没了信号，四周一片漆黑，没有路灯，车窗外偶尔掠过野生动物窜过的身影。车终于驶到了一个看起来像是目的地的小山头，可是我们却怎么也找不到房东描述的车库。更糟的事发生了：司机迷路了。

幸好我把房东的邮件内容复制到了手机备忘录。我故作镇定，而内心却接近崩溃。

为了转移注意力，在手机信号时有时无的情况下我刷了一下朋友圈，"滴滴收购优步中国"这条爆炸性新闻赫然出现在眼前，震惊、惶恐，我一下慌了神。如果消息属实，我有可能要失业了。

经过多次定位和试错后，我们终于找到了房东家的蓝色车库，但还没看到我想要找的大农场。我环顾四周，没有看到吉蒂留的夜灯，于是下了车，沿着车道上坡，无边的黑夜和犬吠声在前方等待我，完全不见蘑菇屋的踪迹。对黑暗的恐惧让我却步，转身突然看到一个微亮着灯的木屋，我迅速逃进屋，瘫坐在地上。虽然不是蘑菇屋，但这个小木屋好像救命稻草，暂时缓解了我的紧张。

司机从车里出来，大声喊："没事，别担心，我帮你找找。"我想如果他找不到，我可能就要在木屋里等到天亮了。过了 5 分钟，司机喊道："快来，我找到了！"我探出头，顺着司机指的方向，隐约看到了蘑菇屋的外形。我和司机连连道谢，然后赶紧进去，松了一口气，心想：终于到家了。此时是夜里 1 点 30 分。

我来不及细看内部装潢，打开冰箱，看到房东准备好的一瓶鲜羊奶，热了一杯后喝下。鲜羊奶不仅没有膻味，还带着淡淡的青草香。心暖了之后，紧张感也慢慢消退。

平复心情后，我开始打量这个小屋。蘑菇屋的地基呈五边形，靠墙一侧是一张折叠木桌，打开后可以当餐桌，也可以玩桌游。房东还准备了一张长沙发椅，两个人楼上楼下可以聊天谈心。

右侧是浴室入口，一块浅紫色的帘布隔开了起居室和浴室，创造了私密的空间。洗手间的各个角落都体现出房东与自然共生的理念，比如使用堆肥马桶，排泄物会通过不同管道进入降解池，做成有机肥料。

和房东吉蒂挤山羊奶

次日清晨，我走出房门，蘑菇屋建在一个小平台上，平台倚靠着山体，木板小径通向房东家的车道。放眼望去，屋后的密林满目葱绿。

房东吉蒂曾是全职母亲，晚上兼职教授冥想课程，她与丈夫共同打造了自己的家。子女长大后，夫妇俩隐居山林，养了 3 只山羊，与动物为邻。我提前向吉蒂申请一起去挤山羊奶，早上 8 点，我们在小木棚碰面，她穿了一件红色的开衫，配紫红色的夹克。

吉蒂蹲下身，边给山羊挤奶，边讲解："挤奶前先用温水洗手，再清洗羊的奶头。用毛巾擦干手后，拽着奶头轻轻往下挤，不能用手指甲，一定要用手指肚，以免伤到她，慢慢挤就挤出来了。"

↑ 房东在地板上手绘了五边形、五角星和太阳神

↓ 山里没有手机和电视信号，但房东准备了各种书籍、电影和纸牌游戏

↑ 屋顶悬着一只长着翅膀的小飞虎　　↓ 温暖的阁楼卧室,床垫是记忆海绵

"让房客品尝新鲜的羊奶，算是一种有意思的体验。"吉蒂说。

"这是我第一次喝到没有膻味的羊奶。"我说。

"新鲜的羊奶没有膻味，而且我家的山羊吃的是橡树叶。"吉蒂解释道。

挤羊奶时，我很多次想点开公司邮件和媒体新闻，证实合并的消息是否属实。但转念一想，既来之，则安之，现在我正和吉蒂挤羊奶，即便消息属实，我又能做什么呢？于是，我克制住了。

"您为什么会想到建造这样一个蘑菇屋？"这是我此行最好奇的问题。

"我的农庄占地4万平方米，有时也接待朋友。10年前，我把家里的空地给一位落魄的艺术家朋友使用。她和设计师朋友合作，在空地上建了这个临时的家。当她搬走后，就把蘑菇屋留给了我。在晴朗的夜晚，点点星光漏进透明三角窗里，在雨天可以听水滴撞出的交响曲。我把它开放给全世界，让更多人有机会感受我们的生活方式。"

"是啊，住在这里，感觉自己和自然融为了一体。我提前半年预订才住进来，面对这么火爆的预订，你怎么应对呢？"

"8年来，我基本没提过价，因为我想让每个想来的人都有机会体验。"这句话就像吉蒂的生活一样，散发出质朴之美。我开始理解她为什么会接纳落魄的艺术家朋友。

"不过，考虑到没有预订成功还很想住的客人，我把其他几间空房改造成了蜂鸟主题屋，因为我家还养了很多安娜蜂鸟。"吉蒂通过打造更多主题屋，来弥补供不应求的蘑菇屋带来的缺憾，这也是她的经营之道。

挤完羊奶，吉蒂去厨房制作山羊奶酪，请我品尝。奶酪是一种

吉蒂带着三只山羊去吃草,它们快十岁了

必须在适当的温度和湿度下经过发酵而成的食物，对制作工序要求很高，而经过吉蒂之手，一切感觉都顺畅自如。

"去小平台上练一次瑜伽吧！每个体式都能伸展到大自然里。"吉蒂说。她正在准备《纽约时报》的电话采访，自从蘑菇屋成了全球最火的民宿房源之一，各国记者纷至沓来，吉蒂的生活比以前充实了不少。

蘑菇屋之旅后的新我

回来的路上，我发了一条朋友圈，"同一个星球，另一种生活状态。世界这么大，我们如此匆忙，有人却可以日复一日喂山羊、挤羊奶、做奶酪"。我不禁想起美国商人和墨西哥渔夫的故事。渔夫每天早睡早起，出海捕鱼，养活一家人，他很知足。而美国商人看到商机，建议渔夫成立捕鱼公司，出口到美国，然后将公司上市，过上更富裕的生活。渔夫问："这需要多久？"商人说："15—20 年。"渔夫问："公司上市之后呢？"商人说："那时候，你可以退休，隐居到小村庄，每天钓鱼、品酒和弹吉他。"渔夫说："那不就是我现在的生活吗？"

返璞归真、知足常乐也是一种活法。在这深山里，我开始反思快乐的真谛，或许它不是完成了多少业绩，开辟了多少市场，赶超了多少竞争对手。

合并那天，恰好赶上我休假。原本会沉浸在部门被收购的焦虑情绪中，却因为手机没信号，一切都很平静。我终于有时间和自己对话：我到底要哪种生活，成为怎样的自己？离开时，我想清楚了，要和那个每天从早到晚把自己排满、到哪都带着焦虑神情、无法享受当下的自己告别。

　　而那只是暴风雨来临的前夕，第二天一大早，老板告诉我："辰雨，合并事发突然，你赶紧申请其他部门的职位吧。"换作过去的我，面对优步中国与滴滴戏剧化的合并消息，情绪会有很大波动。而经历了蘑菇屋一夜后，我异常镇定。面对不可控事件，与其抱怨，不如积极面对。随后的一个多月的日子很艰难，是去是留成为未知。经历了几十场面试后，我成功转岗到优步外卖业务。

　　我会一直记得 2016 年 8 月 1 日这一夜，从蘑菇屋回来的我已经是全新的状态。我从吉蒂身上感受到知足与珍视，与世不争的人生境界。蘑菇屋火爆多年，她接受了世界各地媒体的采访，但并没有改变自己的生活轨迹。无论蘑菇屋如何变化，她从未想过打造"蘑菇屋连锁店"去赚钱。只是保持初心，分享田园生活，服务好每一位客人。

　　离开的路上，我翻开吉蒂给我的留言，发现了这根羽毛，"辰雨，谢谢你的到来！我很佩服你坚持要来这个小小蘑菇屋的决心。这根羽毛送你，来自我们的红色公鸡贾斯伯"。

　　如果有机会，我还会再来蘑菇屋，但一定选择天黑前到达。从城市的快节奏中抽离，重新审视自己的生活。吉蒂的生活，就像一杯清茶，简简单单，有甘有苦，回味无穷。

入住蘑菇屋的小贴士

入住偏远地区的民宿，你可以做如下准备：

· 深山老林，山路蜿蜒，为了安全，尽量白天出行。

· 提前复制关键信息到备忘录，以防手机没有信号。

· 和父母沟通清楚：一家人出行，父母和儿女对民宿的需求不同。吉蒂告诉我：

"以前遇到过一个中国姑娘，和父母一起毕业旅行，预订了蘑菇屋，没想到

父母抵达后不适应，就换到了普通房间。"

→ 吉蒂给我的留言和公鸡羽毛

1-16

Hey Chenyu—

Thank you for gracing us with your presence! I am so impressed by your determination to come to our little Mushroom Dome Cabin— Thank you!

From Jasper — our New Hampshire Red Rooster

Blessings in your travels — Kitty & Michael

P.S. I hope you had a chance to do Yoga on the deck or under the Redwoods.

KAMAKURA

2017/3/4 Blue Stone Lane Dumbo
ony treatment (2week) — wk1: story treatment 3/12
wk 3: show 剧本给老师 — wk 2: write my story 3/19
周五 3/26.

narrative = 讲故事 storytelling
《story》写作
灵感

2016.7.31-8.1
Mushroom Dome Cabin @Aptos, CA
* goat cheese & m
* hummingbird. 蜂鸟
Kitty & Michael

设计师为了尽量减少人工的痕迹,将门把手隐藏了起来。中间是暖桌,冬天可以暖脚（图片来自爱彼迎）

吉野杉木屋：感受爱彼迎创始人的情怀

每到一个城市，我喜欢去看日出与日落，它是我记忆里最难忘的景致。

依稀记得凌晨 4 点爬上夏威夷的哈雷阿卡拉国家公园山顶，在寒风瑟瑟中等待日出；也曾在火人节上整夜未睡，爬到房车顶部等着太阳在沙漠中升起，苍穹之下，人如此渺小。在洛杉矶旅居时，我的办公室面朝大海，每天的仪式是走到海边看日落，5:32pm、5:46pm、6:03pm，每天时间都不同。根据当天的云层、湿度，天空出现不同的色彩——粉色、橘色、黄色，映衬着棕榈树和海鸟的轮廓。大自然是最好的画家，不管在世界哪个角落，以天空为幕布，一轮红日慢慢落下，那么远，又那么近。

在日本奈良，我特意预订了一间日落屋，想在日本乡间感受一次日落。

吉野村的惊艳日落

这个小木屋叫吉野杉的家（Yoshino Cedar House），它就地取材，选用了吉野村特产的杉（又称雪松），由当地木匠制造。木屋简简单单，全部由杉木条拼接而成，流畅的纹路清晰可见，散发着清香。木屋临河而建，仅有两间房：日出屋和日落屋。清晨看日出，黄昏看日落。

阳光和原木柔化了规则的几何图形,从屋里望
出去,棱角分明,既克制又舒心

抵达那天，细雨蒙蒙，能否看到日落是个未知数。

傍晚时分，我坐在日落屋的蒲团上，静观窗外的大树和远处桥上来往的当地村民。天黑前，天由阴转晴，这面正三角形的落地窗好像棱镜，让阳光均匀洒进屋里，室内通透明亮。阳光沿着屋内的纹理延伸，室内外的温差，让玻璃蒙上一层水汽，有一种朦胧的美感。

一缕阳光跃入眼中，天忽然放晴，我拉上房东和朋友骏翔，在屋檐下光脚席地而坐，静静地望着远处的夕阳，余晖从桥体洒向小木屋外的杉树上，照亮了大地。

河面漾起一层波光，夕阳在河面上画了一幅由金黄到亮紫色渐变的油画，我仿佛坐在英国浪漫主义画家透纳（J. M. W. Turner）的风景画里。随着时间的推移，河面每时每刻都在变换着颜色，静谧又触动心灵。目光所及之处是一座横跨两岸的桥，偶尔几辆车驶过，丝毫听不到熙熙攘攘的喧嚣。

放学时分，一群日本小学生背着统一的书包从身边走过，一对老夫妇在河边牵着一只双耳直立、两眼乌黑的柴犬散步，虽然天气很冷，但这幅温馨的画面就像一部默片电影。

"4月你一定要再来，奈良的樱花在关西最有名。"骏翔把我从默片中拉回现实。2月的日落已经如此迷人，不知三四月樱花烂漫时，又会如何动人。

看了这么多日落，我还是被奈良的日落惊艳到了，想起《怦然心动》里的片段：

美丽的夕阳缓解了一天奔波的疲劳

↑ 河边铺着的落叶由绿变黄

↓ 河对岸错落有致的房子,有了岁月的痕迹,
与夕阳下的杉树林相互映衬

Some days the sunsets would be purple and pink.

（有时落日泛起紫红色的余晖。）

And some days they were a blazing orange setting fire to the clouds on the horizon.

（有时泛着橘红色的光芒，点燃天边的晚霞。）

这间小木屋从选址到名字都恰到好处，并把优势发挥到极致。让我领悟到《怦然心动》中"整体大于局部之和"的意义，也让我想要探究它背后的故事。

吉野村温暖质朴的匠人

为了参观这个小木屋，我费了一番功夫。预订时，它正在东京参加建筑展，不能入住，直到建筑师把它运回奈良的吉野村，我才有机会成为最早体验的客人之一。我和日本友人骏翔从东京专程赶到京都，先坐了三小时的新干线，又在雨中自驾近三个小时，最终抵达吉野村。一整天，我们只是在火车站匆匆买了饭团垫肚子。

房东是当地匠人辉一和明日香。透过落地窗，看到我们来访，他们起身开门，递过两双舒适的拖鞋，说："天冷，请穿上拖鞋吧。"然后，招呼我们进屋。

走进修长的客厅，我们围着暖桌坐下。我拿出旧金山的伴手礼吉尔德利巧克力，并翻开手账，讲述365天民宿生活实验，以及为什么决定来吉野村参观。幸好有骏翔帮忙翻译和转述故事，房东的脸上逐渐露出了笑容，频频点头。每当翻到手账里的小动物画像，明日香都会满心欢喜地说"好可爱"，辉一则在我的手账里留言，并

房东辉一是位木工，明日香是位作家

画了一个吉野杉小木屋。

看完日落，天已经黑了。我和骏翔饥肠辘辘，辉一和明日香推荐了隔壁的寿司店："一定要尝尝他们家的寿司，这可是一家有150多年历史的老店。"2月的寒风有些凛冽，我和骏翔走进店里，发现竟然将这里包场了。

刚坐下，一位扎着灰色头巾、身着白色衬衣的老奶奶缓步走来奉茶。我们点了几道招牌菜，老奶奶上菜时，骏翔替我询问每道菜的做法。"香鱼寿司是本店的招牌菜，常年提供给日本皇室贵族的御用菜。它的特别之处在于直接把整条河鱼放在寿司之上。"骏翔跟我说。我拿起筷子，夹起一块放入口中，新鲜的香鱼经过特制甜醋的浸泡后，入口细嫩柔软，带着一丝清甜。

老奶奶接着介绍了另一道招牌菜——柿叶寿司，用一片可做药用的柿叶，把腌制过的鲭鱼和米饭轻轻包起来。鱼肉、米饭、柿叶，原材料听起来并不复杂。骏翔补充道："这可是奈良的名菜，源自吉野村。每一个柿叶寿司其实都来自大海（鲭鱼）、陆地（大米）和高山（柿叶），这盘寿司是奈良祖先智慧的结晶。"

在这家小巧的寿司店，朴实的装修、可口的饭菜、和蔼的老奶奶，让我自在踏实。店面虽不起眼，却是江户时代末期传下来的老店。总是听说日本匠人精神，这可能是我最直观的一次体验吧。

离开时，我看到老板正在制作英文菜单，他把初稿给我看，我帮他核对了每一页的英文描述。尽我微薄之力，希望未来到这里旅行的人，可以更方便地点菜。

Yoshino Cedar House 02/01/17

welcome to Yoshino cedar house.
thank you for coming to Yoshino!
ありがとうございます.　　TERU

Thank you for your present. (chocolate!)
It's so nice.　I love chocolate.
I'm looking forword to see you next!

Asuka

↑ 辉一和明日香的留言。明日香说："谢谢你
　的巧克力，我特别喜欢。期待再次相见。"　↓ 寿司店的晚餐

探索未来社区型共享民宿

吉野村拥有景致如此美丽的木屋，自有它的渊源：它是爱彼迎的创始人之一乔·杰比亚对未来社区型共享民宿的探索。

相较于硅谷科技创业者，乔·杰比亚更像是艺术家。他毕业于美国数一数二的罗德岛设计学院，画的一手好画。他不仅在大一时就完成了教授口中"不可能完成的任务"——赶在圣诞节前，制作出16张木椅，还在5年内修完了工业设计和平面设计的双学位。更不可思议的是，大学毕业前，他就开始了自己的第一个创业项目：为美院学生量身设计坐垫。这个设计可以增加学生们长时间坐高脚凳的舒适度，10多年后还有很多人在使用。

公司业务稳步发展后，乔不满足于把家短租的现状，在公司内部创业，建立了设计工作室萨玛拉（Samara），探索未来社区型共享民宿的可能性，奈良小木屋便是这个概念的一次尝试。

在这里，吉野村的匠人都是小木屋的联合房东（Community Host）。住进小木屋是了解吉野村的一个入口——以空间为起点，学习木工、禅修和日本料理，在当地匠人的陪同下参观造纸、制筷和酿造清酒的工厂，还可以把亲手制作的物品作为伴手礼带回家。

房子带来的收益全部返还给吉野村居民，用以支持当地经济发展和文化保护，鼓励年轻人返乡就业。乔·杰比亚对此有自己的理解，原话是："吉野杉的家可以证明房子不仅是物理空间，也是人们归属感的来源。"

这个小木屋的背后也有建筑大师原研哉和隈研吾的功劳。原研哉牵头组织了理想家（House Vision）建筑展，重新定义未来家的概念，为乔的团队在日本造房子提供了一个契机。参展作品大多为房屋模型，而乔想建造一个可以留存并被使用的房子。与日本冬奥会主场馆设计总监隈研吾探讨后，乔决定在参展后把房子运回杉木的发源地——吉野村。小木屋由建筑师长谷川豪操刀，考虑到汽运需要通过狭窄的山路，长谷川豪选择了修长的 A 字形设计。

日本人把杉比作"森林卫士"，重要的寺庙、神社、百年老房都会选用吉野的杉。种杉树是吉野村世世代代的传统，培育一棵杉树，需要三代人的共同呵护，一百年的沉淀让吉野村的杉木树干挺拔、纹理流畅、质地轻软。其他地方无法效仿，因为即使种下了树，也未必有下一代愿意呵护。

过去，一棵杉树长好后，木工砍下，并从山上运到河边，灌水除虫，再晾 2—3 个月。这样处理后的木头更加坚固，可以抗震。如今，这些工序都已在工厂完成。在选址时，乔路过河边，得知这是当年晾晒木头的地方，看了旧照片后，决定把小木屋安在这个有故事的地方。

乔和团队带着尊重在地文化、追根溯源的情怀，将吉野杉木建造的房子放回最初加工杉木的河边，请当地匠人做管家，迎送世界各地的游客，与他们分享本地文化。这是一间和村民共同成长的小木屋，它与吉野村的草木、河流、小桥、人家一同，在每个日常的傍晚，静谧地沐浴在落日的光辉中，散发着阵阵杉木清香，向世人展示着原生之美。

与乔·杰比亚的合影

DEAR CHENYU,

THANK YOU FOR INSPIRING ME!
AND FOR INSPIRING SO MANY OTHERS
BY FOLLOWING YOUR PASSION. I AM
TOUCHED AND GRATEFUL TO HAVE YOU
LIVING — AND EXCEEDING — THE ORIGINAL
VISION OF AIRBNB.

TO BELONGING,

JOE

亲爱的辰雨:

谢谢你感染了我!

你的热情也感染了很多人! 你不仅身体力行, 还超越了爱彼迎的初衷, 为此我很感动, 也很感激。

—— 乔

我身后是一辆1975年的清风房车

车轮上的家：心中有风景，处处是风光

空间大小不是生活质量的决定因素，心中有风景，处处是风光。

以房车为家是一种生活方式，不用花很多钱就可以四海为家，让吉卜赛式的流浪生活多了几分闲适。从 1910 年第一辆房车（名为 Touring Laudau）问世以来，房车就与想象力密不可分。

在住民宿的经历中，我见过许多房车，它像一条线，把有趣的人串联在一起。

住 15 年房车的智慧长者

"房车最吸引你的是什么？"

"自由。"

在火人节上，我遇到了一辆神奇的房车。每年 8 月底，美国内华达州的黑石沙漠（Black Rock Desert）会出现一座只存在 8 天的城市。来自世界各地的艺术家、嬉皮士和互联网极客们聚集于此，创造出心中的乌托邦。

火人节期间经常刮沙尘暴，也正是因为一场沙尘暴，我躲进了路边的一辆房车，认识了多诺万爷爷，当时是他以房车为家的第 15 个年头。

多诺万两颊泛着红晕，向我问好："欢迎！你是哪国人？"

"我来自中国。"

"我妻子也是亚洲人。"多诺万似乎与亚洲人很有缘。

这辆约10米长的房车，制造于1980年，周身白色，和美剧《绝命毒师》里的实验室房车同款。5年前，多诺万从二手市场以1900美元的价格买到了它。它平时就停在黑石沙漠旁的小镇里，每到火人节就能派上用场。这辆房车最多可睡下6人，一进门右侧是会客的茶几和靠椅。我坐在沙发上听他讲故事，车窗外天地浑然一体，时间静静地流逝在浑浊的沙尘中。

"它年龄大了，小毛病也多，今年我开着它进沙漠，多次熄火，明年可能要换一辆了。"身着苏格兰裙的多诺万流露出不舍的神情，这辆旧房车早已成为他参加火人节的必需品。

多诺万年轻时经营过拍卖行，是位成功的商人，后来成为个人成长培训师。他曾拥有多套豪宅，却在退休后选择过极简生活，把家搬进了房车。经历过富足的生活，他说："丰富的精神世界比物质更重要。"

"你是如何开始房车旅居生活的呢？"

"我喜欢旅行，很难在一个地方安家。频繁地打包和搬家很折腾，房车便自然而然成了我的生活方式。"

"房车最吸引你的是什么？"

"自由——来去自由，说走就走。住房车减少了生活中的琐事，我不用再付地产税，无须打扫后院，也不必缴水电费。这15年里，我一共只付过15美元的停车费，其余时间，我总能找到免费过夜的停车位，大部分时间停在沃尔玛的公共停车场。"

这或许和他目前的情感状态有关，妻子去世后，他便过上了旅居的生活。

比起改造老房子，多诺万更喜欢房车生活，不仅一直在路上，同时还有一个温暖的港湾。改造一个小家也许需要 6 个月至 1 年的时间，成本约 2.5 万至 5 万美元。而一辆性能完好的二手房车只需 0.5 万至 1 万美元，并且可以随时上路。

多诺万是个修车能手，可以随时解决停电、下水道堵塞、车抛锚等问题。这些付出换来了一份活在当下的自由。

15 年里，多诺万有过 6 辆不同的房车。在靠近墨西哥边境的冲浪之城圣地亚哥，他买下了人生第一辆房车。随后，他开车穿越美国边境，在墨西哥海边生活了几年。车轮上的生活越久，多诺万的车也越小。他的第二辆房车长 6.5 米左右，多诺万开着它走遍了中美洲。2012 年，漂泊久了，他搬回 95 岁的母亲身边，而房车也换成了 5 米长的迷你款。

多诺万的生活在一次次做减法。我不禁反思：维持日常的生活，我们真正需要的东西究竟有多少？或许这是一次房车旅行可以给我们的答案。

如此有趣的老爷爷，不仅有故事，更有智慧。沙尘暴过后，他给我上了一节关于个人成长的课。对于我下一步是留在硅谷还是从事自由职业的困惑，他说："辰雨，想让梦想照进现实，第一步是想清楚自己要什么；第二步是精练地表述需求，并努力争取。你有太多的恐惧，成功过一次，你就会越来越有自信。"

多诺万所说的成功，也要有相应的付出。

"我曾搭车环游中美洲，并免费搭过 9 架飞机。"

为了搭飞机，他站在机组人员通道里，看到飞行员就问："可以搭你的飞机吗？"9 个同意的背后是接近 300 个拒绝。

多诺万对我说："辰雨，勇气就是在恐惧中有所为。"

多诺万现在住的房车, 长5米, 是他车轮上的第

六个家

很多人的梦想止步于想，却忘记了敢为才是成就梦想的方式。因为害怕被拒绝和收到负面反馈，就先否定了自己，不去尝试。比如求职这件事，我们都有向往的公司和工作，看完职位描述后，因为面对应聘者的高要求而担心自己不够优秀，很多人会放弃。这种时候，我会把这些要求复制到备忘录，或者打印下来，向它努力。求职中，我参加过的招聘会、面试、笔试和接到的拒信不计其数。而受挫折和被拒绝的过程就像是提醒我们不断努力的一张张邀请函。

多诺万说："给我留个邮件地址吧，我们交个朋友！"

离开后，我心中一直默念着他送我的三句话：

1. 放下心中对拒绝的恐惧。

（Let go the fear of rejection.）

2. 只要你成功一次，后面就会越来越有自信。

（Confidence is built on top of success.）

3. 知道你想要什么，并主动争取。

（Know what you want and ask for it.）

火人节结束后，我收到一封邮件，落款是"你的新朋友多诺万"。

辰雨，你好！很高兴认识你，你是一个令人感到舒服的姑娘，相信有一天我们会再相遇。好好享受人生的乐趣吧！

多诺万让我看到了自由的状态，更展现出背后的付出和主动争取的勇气。

提供创作灵感的复古房车

为了预订一辆 1969 年的复古房车，我等了 4 个月。

最初，我被房源简介吸引：五星好评！完全私密，交通便利；价格包含清洁费，提供无线网、有机咖啡、记忆海绵床垫、热水器和冰箱；只能住一人，可体验洛杉矶独一无二的复古房车。

这辆房车不仅生活必需品齐全，还有冲浪板、自行车和大院子，房客可以自由享受洛杉矶的阳光与沙滩，也可以骑车沿着威尼斯海滩到圣莫尼卡，那里便是 66 号公路的尽头。

房车的主人是意大利人 G 先生。25 年前，他为了好莱坞而搬到了洛杉矶。拍纪录片的工作让他常年在路上，去过 70 多个国家，也因此了解了旅行者的需求，在绿树环绕的后院打造了这家舒适的房车旅馆。

我坐在房车里和 G 先生聊天，听他讲故事。周游世界后，他说最爱的还是威尼斯海滩。G 先生拿起桌上的自制攻略，向我推荐起餐厅："一定要去海边这家有十几年历史的 Poke[1] 店；还有一家老店的墨西哥卷最正宗，虽然游客觉得不起眼，却是当地人的最爱。"

他房车里提供的咖啡豆，来自步行只有 10 分钟距离的地基咖啡馆（Groundwork Coffee）。这家咖啡馆 20 年如一日，安静地开在海边。弹吉他的流浪汉和戴着智能手表的极客经常同时出没于此地，我想这才是城市最真实的切面。

"辰雨，你知道吗，作家很喜欢预订我的房车。它看似简朴，却提供了写作的必需品：无线网、书桌和咖啡，并且有洗手间，长时

---

1 Poke：日裔美国人结合夏威夷特色演化出的西式鱼生饭。

↑ 晚上睡觉听到窗外风吹动树枝和窗棂吱吱　　↓ 洗手间虽然只有1平方米，但手绘的卡通连
　 呀呀的声音，好似一场历险　　　　　　　　　 环画墙纸，让如厕都充满乐趣

间写作思路也不会中断。"

　　G 先生翻开我的手账，任选了一页，写下一首诗，落款是一支闪光的箭。

　　　　美丽的落日，灵魂的色彩，生命各自缤纷又被星尘连接共生。

　　　　你会发现在任何事物中快乐都有迹可循，只要心与眼找对了方向。

　　　　天使在旁，援手指路。

　　　　这辆房车是你可以休憩、思考、充电，又充满灵感与热情的小小天堂。

　　　　出发吧！我愿成为那支闪光的箭，在生命之路上为你指引方向！

　　看着 G 先生的留言，我打开日记本，快速记下当下所感：

　　　　夜深人静的此刻，我正坐在一辆1969年的复古房车里码字，窗外呼呼的风声，车子略微摇晃。和纪录片导演聊了近两个小时，他说："很多作家特意来此创作。"

　　的确，这不仅是一辆房车、一家民宿，而是独立存在的小世界，让人想在这安静一隅当个创作者。

　　　　　　　　　　　　　　　　　　→ G先生给我的留言

VeNice ORiginal 4/14/16

Beautiful sunset, all the colors
of the soul. So many lives being
lived at once. Seperate yet connected
by stardust. there is happiness
in everything if your eyes + your
mind are connected in the right
way. Angels abound, Helping hands
are guiding you and Air bnb supplies
a small haven to rest, think,
recharge, vision, passion, go →
I am a radiant Arrow going
Forth in this life - Join

2018年我见到了陶, 他把"房车公园"从洛杉
矶搬到了约书亚树国家公园附近

喜欢收集房车的电影制片人

房车一般分为两大类，一类是自行式房车（motorhome），可以开动，是移动的家；另一类是拖挂式房车（trailer），通常固定在露营场地或自家后院。在陶的家中，我见识了五辆不同风格的房车。

他爱好建筑设计、摄影和改造空间。他出生在曼谷，在纽约、意大利和西班牙生活过，最终安家于洛杉矶的威尼斯海滩，并把后院改造成"房车公园"。

推开带有铁锈的大门，房东收藏的一艘老游艇出现在我眼前，绕庭院一周，我看到几辆房车停在院子里。

陶把环游世界所得到的灵感融入设计中，从非洲面具、雕塑到摄影作品，随时都能回忆起美好的旅程。后院放着一台年纪超过半个世纪的冰箱，至今还在使用。淋浴房在室外，洗澡时可以听到风簌簌的声音。

后来，因为太喜欢荒漠中的约书亚树国家公园，陶把后院里的房车搬到了荒漠的岩石旁，建成了"房车公园"。

约书亚树国家公园是离洛杉矶最近的国家公园。从洛杉矶向东沿着10号高速公路前行，经过大片风车林后，逐渐进入荒漠，映入眼帘的只有一种叫作短叶丝兰（yucca）的植物，枝干如同刺猬，让人生畏又向往。它是莫哈维沙漠原生的一种大型植物，19世纪摩门教徒向西海岸迁移路过此地，见到这种树向天生长，如同圣经中约书亚高举双臂祈祷，于是将其命名为约书亚树。

这个房车营地位于艺术家聚集地，价格适中，床很舒适，还可以使用陶的洗手间和厨房，但他谦虚地说："可随意住一晚，睡在风景中，但住惯了高档酒店的客人可能会不适应。"

↑ 陶收藏的老游艇

↓ 陶养了三只宠物兔子,个头比水桶还大,其
　中一只爱照镜子

这个房车营地让我想起了正在兴起的一种生活方式——豪华露营（Glamping）。Glamping 是 glamorous（富有魅力的）和 camping（露营）两个词组成的新词。豪华露营是一种如星级酒店般舒适的露营方式，旅行者在出行时选择自己喜欢的风景，可以是沙漠中或小溪边，住在房车或豪华帐篷里，同时可自由使用主建筑的洗手间、厨房等设施，既省去了打包和搭帐篷的烦恼，又享受到与自然亲近的乐趣。

下面是陶的三款复古房车：1955 年斯巴达帝国大厦房车（Spartan Imperial Mansion），约 14 米长，浪漫奢华，可全景感受约书亚树国家公园；1975 年复古清风房车（Airstream International），陶从一位 97 岁老太太手中买来这辆房车，并保持了 1975 年出厂时的设计；还有 1955 年火腿罐头房车（Canned Ham Trailer）。

斯巴达帝国大厦房车

↑ 复古清风房车　　　　　　　　↓ 火腿罐头房车

一次次住进房车，加深了我对"家"的理解，它可以很小，可以在后院里、荒漠中、旷野上，也可以在路上，走走停停。

我梦想中的生活状态是后院里有一辆房车，它是我的工作室。创作时钻进去不被打扰，阳光透过车窗洒在书桌上，写累了就倒头睡下、坐在门口休息，或练一次瑜伽，感受自然。一个家，两种生活，让喜欢的事物将自己包围。

陶的摄影工作室,让我看到了梦想中的生活

在"苹果姐姐"公众号，输入**"房车"**，观看房车公园的短片。

嗨，我们可以共进早餐吗？

Can we have breakfast together ?

第二章

早餐：恰到好处的社交美学

　　住过这么多民宿，很多场景在记忆中渐渐模糊，但唯有早餐的画面依旧如新。

　　清晨的第一缕阳光洒在窗前，透过白色麻布窗帘，光影斑驳，落在原木桌面上。

　　也许是一碗竹笋面，笋的鲜香融入面汤中，一口面一勺汤，一碗普通的小面也有独到的惊艳。

　　也许是一个水波蛋，均匀地撒上黑胡椒，叉子轻轻一戳，蛋液流出，余香留在唇齿间。

　　也许是一杯香醇的拿铁，抿一口，浓郁的奶泡沾上了唇，幸福感从杯中满溢而出。

←　安徽碧山的民宿早餐，老火白粥配豇豆丁、
　　腐乳、辣椒酱等

早餐的六种味道

民宿的英文缩写是 BNB，也就是 Bed and Breakfast（床和早餐），民宿区别于酒店，重在"民"字，核心是人与人的沟通，而早餐就像是房东与房客之间联系的纽带，意义非凡。

和民宿房东一起做早餐，既是最容易熟悉彼此的破冰机会，又是最简单直接的文化交流方式。我特意去谷歌输入早餐、民宿、城市名等关键词定向搜寻房源。每入住一家新的民宿，我都会询问房东是否愿意与我共进早餐。征得同意后，房东会分享他们最拿手的早餐，我用镜头记录，并进行一段小采访，尝试融入他们的生活。

幸福、美学、智慧、理解、和气、追求，是一路住民宿过程中，我品尝到早餐包含的六种味道。它就像一个味觉万花筒，随手一转，便是好味。

幸福的味道：有仪式感的早餐

早餐是一种态度，而态度决定生活品质。住民宿，是跟一群生活家体验他们每日的仪式。比如，做早餐、挤山羊奶、烘焙面包。

得知我喜欢健康食品，好莱坞房东艾伦开车载我去了附近的有机超市，从货架上找出他最喜欢的一款奇亚籽布丁，并与我分享它的独特制作方法。做这杯布丁比去好莱坞星光大道打卡更有幸福感，我被艾伦的热忱所感动，也感受到他对精致生活的追求。

↑ 艾伦带我逛农夫市场,对他来说,买菜也是一种幸福

↓ 美国奶奶珍十年如一日,制作谷物早餐,配料每次会有微调

小时候，每天清晨7点闹铃一响，我就起床煮一个鸡蛋，热一包牛奶，带着在路上边走边吃。成年后，我对早餐的理解来自在美国上高中时寄宿家庭的盖乐普夫妇，比尔爷爷每周会做不同的面包：全麦的、发酵麦的面包，并乐在其中。他让我知道每种食物的制作都值得深入研究。而珍奶奶的爱好则是去超市里买各式食材，制作纯手工的谷物片，并在每顿饭开始前都把红色方巾卷好，放在手绘盘子旁边。

珍奶奶的谷物早餐，燕麦片颜色丰富，烤的时候加入了蜂蜜和肉桂。配上核桃、杏仁薄片、葵花子、蔓越莓干等十几种营养丰富的食材，每一口都能嚼出不同层次的味道。吃完香酥的燕麦片，蜂蜜和肉桂已溶在牛奶中，变成一杯香浓的奶茶，营养全部喝下肚。

从此我成了"健康谷物狂人"，不管到哪里，都要尝尝当地人家的健康谷物片。高中毕业十年后，我又去看望老夫妇，爷爷奶奶头发已经全白，但还坚持烘焙面包，制作谷物片，质地和口感还是高中时候的味道。民宿住多了之后，我开始注意到食物之外的细节。比如，盛鸡蛋的小鱼碟就是爷爷在日本当军医时淘回来的，陪他们一路走过了数十年。

那一刻，我似乎理解了早餐所承载的仪式感，是人赋予了它意义。

→ 莫干山一间民宿的早餐，用竹笋形木制托
盘盛着鸡蛋、红薯与青团

美学的味道：摆盘的艺术

　　填饱肚子与享受美食是有区别的，而我在民宿中吃到的每一顿早餐都更接近于后者。亚历克斯·T.安德森在《饮食建筑》中曾提到过："胃的满足感并非只来自食物，更依赖餐桌上的饰物、环境和品尝美食欲望之间错综复杂的关系。"早餐吃的不仅仅是食物，还有房东在摆盘上花的心思。

　　在镰仓，我住在一对高知夫妇家。妻子每天做的早餐，口味清淡，色彩丰富，配着轻音乐，使人内心充满愉悦感。经过她的手，早餐摆盘成为一门艺术，方格桌布上搭配着红色的餐垫和精致的餐具。餐具是夫妻游历各国慢慢收集的，并根据每天早餐的样式来选用和搭配。

　　热爱生活的房东会从生活中找到灵感，把美学和当地文化呈现在早餐中。

↑ 洛杉矶建筑师的水波蛋烟熏三文鱼早餐，
蓝色盘子与条纹桌布相衬，使人感到安静

↓ 阳光下的早餐更美好

智慧的味道：房东的厨房也是课堂

和房东一起生活，可以近距离感受他们的价值观。同样是清晨的一杯咖啡，意大利人一定要用摩卡壶煮；在哥伦比亚，只有用本地特产的咖啡豆，配上块状蔗糖，口味才正宗。

而在洛杉矶，房东艾伦带我体验了咖啡界的新宠"黄油咖啡"。艾伦告诉我，它不仅提供能量，还有助于减脂。

黄油咖啡，又称"防弹咖啡"（Bulletproof Coffee）。发明者是成功的互联网创业者戴夫·亚斯普雷（Dave Asprey）。戴夫在早期创业时，因为生活不规律而长胖。创业成功后，他受到"酥油茶"的启发，把咖啡与椰子油等优质脂肪结合，推出了这款减脂咖啡，在健身界大受欢迎。

艾伦每天早上给我做一杯黄油咖啡，将1—2勺优质脂肪放入咖啡，用电动搅拌机搅拌即可。虽然饮料本身热量较高，但是优质脂肪提供的能量更持久，饱腹感强，可降低食欲。

黄油咖啡给我的启发是它对东方饮食之道的借鉴。在西方人的家里看到改良版的"酥油茶"，是不同文化相互融合的体现。生活在健康之都，从日本料理到中式早茶，西方人不仅对东方饮食的兴趣日益浓厚，还将抹茶、枸杞和喜马拉雅粉盐等东方食材融入西方饮食习惯中。

自从在艾伦家接触到黄油咖啡后，它成了我清晨的首选。每个家都是我的移动教室，房东教我生活常识、健康理念和美食食谱，而我则成为一根纽带，把学到的生活美学精髓传递下去。

理解的味道：两代人的相处之道

　　长期住民宿，总会遇到尴尬和矛盾，同一屋檐下，如何更好地尊重和接纳对方？

　　每次和房东约早餐，如果有选择，我会加个鸡蛋，也因为对欧陆早餐（Continental Breakfast）没有概念，我和一位房东产生了一次跨文化、跨年龄的误解。

　　房东奶奶是一位退休兽医，在墨西哥生活多年。她提供收费早餐，费用是 5 美元。当时，我在严格执行减脂计划，早饭不能碰西式糕点，但会配一个鸡蛋。抵达民宿后，我和房东确认早餐内容。她说："我的房源介绍上写得很清楚，是欧陆早餐，包含西式糕点、咖啡和水果，没有鸡蛋。"

　　虽然在海外生活了 10 年，我还真没留意过欧陆早餐的概念。我尝试和房东商量："不好意思，我在减脂，早餐想避免高热量食物，有没有可能换成鸡蛋呢？"

　　"欧陆早餐不包括鸡蛋。"她面无表情地回答，言语中很是坚持，"糕点是每日新鲜烘焙的，食材来自旧金山最大的农夫市场，每周六才有。"

　　我喜欢逛农夫市场，也理解房东亲手制作纸杯蛋糕的心意，但又不想中断自己的减脂计划。最终我们达成一致，早餐没有鸡蛋，但是把纸杯蛋糕换成了一份水果。

　　第二天一早，印花桌布上摆放着各种新鲜的水果，但其中唯有蓝莓是解冻的。为了环保，房东从不买进口水果，而是去本地农夫市场挑选当季水果。因为蓝莓在加州已经过季，所以她宁愿去超市买冷冻蓝莓，也不买墨西哥的新鲜进口蓝莓。

早饭后我反思了这次小矛盾，世界上没有两片一样的树叶，面对习惯不同和文化差异时，换位思考，用理解交换理解，用宽容交换宽容，那些误解和不快也就此化解。

半年后，我到洛杉矶的律师朋友家做客。一家人围着长木桌吃完饭，聊到早餐时，我说："住民宿前，我真不知道欧陆早餐没有鸡蛋。"经常出差的律师很确定地说："对啊，没有鸡蛋。"律师的孩子说："可是我们也不知道。"同在美国，不同的两代人眼中，对同一事物的认知也有所不同。

和气的味道：早餐化解矛盾

早餐除了提供文化交流的机会，还可能是一杯缓和房东与房客关系的"和气茶"。

有一次，我满心欢喜地住进了好莱坞导演的一间位于半山腰的民宿。他是一名环保主义者，整栋房子都由太阳能供电。

由于习惯了洛杉矶常年温暖的天气，我带的行李很少，也没有准备外套，直到晚上才发现山上气温比山下低很多，而且房间层高较高、空间大，中央空调效果不明显，也无法自行调节温度。4月初，我冻得躲进被窝，无法集中精力完成工作。进屋不久，脚上还被蚊子咬了几个包。撑到晚上10点，我发信息问房东能否调节空调温度，并想借一瓶花露水。房东出差一个月刚回来，高负荷的剧组工作让他失去了耐心。他冲到我的房间，说："你说自己很独立，但你是我见过要求最多的客人，是不是还要我给你端茶送水？如果住不惯可以退房，我把钱退给你。"

他丢下花露水转身就走，我当下愣住，这是我连续住民宿的第 7 个月，之前差点露宿街头的经历在我脑中突然像电影般回放。我钻进被窝，不禁自问："为什么要这样折磨自己，来这里受罪？"

第二天一大早，我走进厨房，房东正在做早餐，他转身说："要不要一起吃个早餐？自己动手，冰箱里的食物随意用。"煮好咖啡后，他也给我倒了一杯。看他主动沟通，我也当昨晚什么都没发生，和他聊起他的电影。我理解，作为一个工作狂，在连轴转地工作后，我也会由于疲惫而出现不耐烦的情况，而事后我都会毫无例外地后悔与反思。

让人欣慰的是，这顿早餐在不经意间化解了彼此的矛盾。

追求的味道：好莱坞名利场中的菜农

佩吉和史蒂芬是洛杉矶的制片人和艺术指导，他们参与制作了《落魄大厨》《尖峰时刻》《雨果的冒险》和《犯罪心理》。我和他们同吃同住了一个月，妻子烧陶，丈夫手绘，妻子和面，丈夫摊饼，过着夫唱妇随的生活，还养了两只英国獒和一只安哥拉兔。

家里几乎每一件器皿都是夫妻共同制作的，就连肥皂盒、垃圾桶也是陶艺作品。"你家都不需要买装饰画了。"我和史蒂芬调侃道。他保持每天早上 6 点开始画画的习惯，我起床时，坐在餐桌前的史蒂芬已经画好了当日漫画。佩吉每周三去社区大学上写作课，她说："学无止境，写剧本总在输出，我需要充电学习。"

虽然身处好莱坞名利场，但他们仍过着自给自足的生活，家中有菜地，一年四季只吃时令蔬菜，牛油果过季后就不再购买。丰收的水果用食物脱水器制成水果干，最好吃的是无花果干。家里不能种的菜，他们会与固定的农夫朋友交换，而付费方式是佩吉精心制

后院里高大挺拔的仙人柱和史蒂芬的雕刻作品

作的飞饼和手工陶器。以物易物的交易方式，竟然存在于现代商业文明高度发达的洛杉矶。

夫妻俩的环保理念渗透到生活中，比如吃纯天然早餐，全麦面包上搭配农夫朋友家制作的奶酪和水果干。

我也曾不理解佩吉的一些选择。原本以为自己在生活上算是"讲究"的了，购买食材前，会仔细阅读包装上的食材成分和来源，更是杜绝膨化食品，但和佩吉比真是小巫见大巫。她不买袋装零食，生活中也不用塑料袋。如果佩吉包饺子，她一定不会图方便买擀好的皮。

有一次史蒂芬办画展，佩吉花了一整天准备自制小零食，比如蘸了黑巧克力的有机橙子脆片。我好奇地问她："佩吉，一个画展的零食很重要吗？人们是冲着画而来，零食只是锦上添花的部分。"她眨了眨深邃的蓝眼睛，说："辰雨，可能你自己没种过菜，还不能理解'自己动手，丰衣足食'的意义。那是一种乐趣，也是人与自然最和谐的相处方式。"

每一个选择都是人生态度的缩影，这对夫妻用他们所坚持的追求给我上了一节课。

有烟火气的社交艺术

民宿中的"民"来自人与人、人与环境的互动。两年前，在阳朔一家客栈的透明大厨房里，一群中外背包客虽然语言不通，却可以一起愉快地做麻婆豆腐。我意识到美食是世界共通的语言，它超越了国籍、种族，将旅途中的陌生人联系在一起。

为什么我通常选择和房东吃一次早餐？一路走来，我发现早餐时间是房东与房客相处最舒服的时刻。做饭可以化解紧张情绪，在陌生的环境中卸下包袱，注意力投入到准备早餐中，交流也会更自然。早餐已经不再是一顿饭，而是打开话匣子、化解陌生感的方法，同时自带"刚刚好"的界限感。早餐不像晚餐过于隆重，时长恰到好处，房客既容易参与其中，又不会越界。

早餐社交的另一妙处在于：平常聊天时，难免会遇到因找不到话题而尴尬的时候，而一顿早餐的时间，通过感观可以引出聊天的话题。眼睛看到房东对食材、餐具和摆盘的选择；耳朵听到榨汁机、磨豆机等厨具的声音；嘴巴尝到食材的味道。比起米其林星级餐厅，有烟火气的家是两个陌生人相处更舒适的场景。

平凡生活中的美好

我不会做大鱼大肉，但是早餐对我很重要。我的早餐看似简单，甚至因为赶着上班，不讲究摆盘，但原料并不将就，而是有自己的方法论：黄色的鸡蛋、绿色的牛油果、紫色的蓝莓，加上黑色的芝麻和白色的酸奶，五颜六色、营养均衡。不加过多调味品，品尝食材本身的味道，让它们互为"调料"，或许这是我喜欢沙拉和五谷杂粮的原因吧。

瑜伽老师建议我培养一个习惯：吃饭前，感谢盘中的食物。作为一名繁忙的上班族，每天抽出 15 分钟吃一顿快手早餐，让身体产生快乐因子多巴胺，已成为我日常的小确幸。

能把早餐合理规划到日程中，除了可以提高生活质量，更反映出一个人对生活的掌控力。我们总看到有些人，一天能高效而有序地完成其他人几天才能完成的任务，但没有看到，他们早已提前规划好每天、每周的日程安排，甚至细化到一顿早餐。于我而言，做一顿营养的快手早餐，如同做减法的自我修炼，背后需要的计划和准备，远超过它呈现出的简单。

我从小养成了每天早晨吃鸡蛋、喝牛奶的习惯，它逐渐成为像起床、洗漱一样不用经大脑思考的流程。而住民宿时，在陌生的环境中做一顿早餐，体验一件看似简单的事情，专注于每个细节，它能带给我踏实与安心的感觉。

很多东西一直在身边，只有当我们用心注意时，才有意义。

一片吐司涂上希腊酸奶,搭配无花果,与鸡蛋
和牛油果一起摆盘

敲开当地人家门，住进他们的生活里。

Tonight, this is your home. Please enjoy.

第三章

活法：99个人有99种人生

洗手间挂着卡尔从复活节岛淘来的面具,抽纸
盒很有趣

25 年飞龄的机长，三生三世的人生智慧

> 与内心的自我对话，意味着我永远不会感到孤独或缺少什么，这是我力量的源泉。
>
> —— 机长卡尔

机长卡尔，不仅是我的房东，更是一位阅历丰富的智者。关于他的故事，我记满了几页手账。有着 25 年飞行生涯的他，游历过 40 多个国家，探戈和瑜伽是他与一座城市交流的方式。他在洛杉矶的家中曾接待了来自 100 多个国家的客人。只要他在家，每天都会与房客共进早餐。

他的人生就像一本书，活出了三生三世的精彩。

信奉达尔文进化论的飞行员

在认识卡尔之前，除了电影《冲上云霄》，我只在机场才能碰见身着帅气制服、拉着方正的登机箱、昂首阔步、谈笑风生的飞行员。

清晨 8 点钟，在圣莫尼卡海边的一栋宽敞明亮的三层别墅中，卡尔正在厨房里做早餐，我在仔细观察餐厅里的装饰品。餐厅的红色边柜上摆着一个小巧的飞机模型，每次往返于旧金山和北京，我都选择美联航。亲切感油然而生，我突然很想和卡尔好好聊聊。

"飞行员的生活到底是怎样的？"

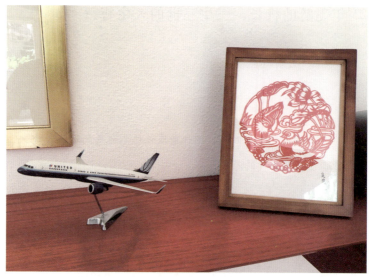

↑ 蓝白相间的飞机模型　　　　　　　　　↓ 卡尔的书架上摆满了"孤独星球"系列

"我每个月大约有 10 天在飞，最常往返于洛杉矶和夏威夷。飞行之外的时间，我会环游世界，或者打开家门接待客人。"

卡尔接着和我分享了一些飞行中的惊险经历，每个故事都让我心头一紧，而餐桌对面的他倒是淡定从容。想起一位企业家曾告诉过我："人生有四个阶段——浮躁、淡定、从容、高贵。"经过 25 年的飞行历练，好像没什么事情能让他慌乱。

后来，我进一步了解了飞行员这个职业，他们会接受严格的培训，模拟坠机、燃料不足、紧急故障、乘客出状况、恐怖袭击等所有场景，并准备应对措施。除了系统的培训之外，个人也要花时间努力学习。卡尔的卧室里有一张贴满了黄色便笺的图纸，上面写满了备注，像是在准备期末考试。"那是操作台图纸，我每隔几个月就要参加一次考试。"原来当飞行员并非一劳永逸之事，也需要反复接受考核。飞行员遇事不惊、沉着从容的背后是常人想象不到的努力。

卡尔常常飞在云端，不仅有更宽广的视野，还多了份雄心壮志，他的床头放着一本《一生不能错过的 1000 个地方》（*1000 Places to See Before You Die*），他正在有计划地一步步探寻书中列出的地点。我问他："你会用一个什么词来定义自己？"他不假思索地回答："梦想家。"

"机长"只是卡尔的多个标签之一，瑜伽、探戈和素食餐厅，是他同一座城市交流的方式。过去十几年，卡尔飞了很多次阿根廷。走在布宜诺斯艾利斯的街头，每每听到酒吧传来探戈舞曲的声音，他都会不由自主地走进去。一开始由于不够自信，卡尔经常被舞伴拒绝。直到有一天，看到一位瘸腿大叔也在尽情享受探戈的快乐，他颇受鼓舞，觉得没什么难为情的，邀请舞伴时便更加自信了。"是你热爱的事情，就应该去享受！"一转眼 10 年过去，卡尔已经成为

卡尔是加拿大魁北克人,洛杉矶是他的第二故乡

资深的探戈舞发烧友。

卡尔年近六十，作息比大部分年轻人都规律，生活也更有目标。他每天早上五点半准时起床，先游泳一小时，回家后做丰盛的早餐，十点半出门练瑜伽，中午做午饭，晚上六点去跳探戈。如果房客愿意，他会带上他们一起体验。对生活充满热忱，心态也会比实际年龄年轻很多。

在卡尔的个人简介上，我看到一句"我信奉达尔文的适者生存理论"，也就明白了他为什么如此用力地去生活。

让房客带我环游世界

卡尔目前单身，陪伴他15年的贵宾犬海蒂去世后，再没有养宠物。家里的每个房间都有装裱起来的爱犬照片和画像，饱含着卡尔对海蒂的爱。提起爱犬，他便指着一沓杂志告诉我："那些封面都是海蒂，所有大牌杂志的御用拍照狗狗，它经常在纽约中央公园被围观。"他端详了好一阵，"我很爱我的狗。"语气中透露着眷恋。

没有伴侣，没有爱犬，卡尔的幸福指数并没有降低。人们通常害怕孤单，需要陪伴，不管是人或宠物，但卡尔却可以在单身时找到乐趣。他眨着蓝眼睛说："我家每天都住着一位远道而来的客人，他们给了我最好的陪伴。工作时，我载着乘客环游世界；休假时，我打开家门，让房客带我环游世界。"

"从嬉皮士到亿万富翁，从文身情侣到杂技演员，每周有超过两百人申请预订我家。我有一套挑选房客的标准——每周只接待来自同一大洲的房客。比如，这周是亚洲，下周是南美洲，再下周可能是欧洲。坐在家里也可以环游世界，深度感受各国文化。"卡尔打开了我看民宿的新视角。行万里路，不如阅人无数，卡尔不同于平常意义的旅行达人，无时无刻不在创造属于自己的旅行体验。

爱打印食谱的学霸厨师

每天清晨，当我刚睁开惺忪睡眼，卡尔已经完成了当天的很多任务。记得爸爸经常告诉我："早上 8 点前的时光，决定了人生的质量。"在卡尔的影响下，我开始早睡早起，和他一起用早餐。

每一顿饭都是他的一次美食实验。吧台上有厚厚的一沓纸，是卡尔在网上甄选的素食食谱。他像一位严谨的阅卷老师，给每份食谱打上 8、9、10 的分数，并留下手写的标签。

在厨房里，他像灵感不断的音乐指挥家，在调料和食材间自如调配。每一天我的早餐都不重样：自制健康谷物、燕麦粥、松饼、水果、坚果，简单却营养丰富。不过，别看他平时笑容可掬，卡尔可是严格的素食主义者，住在他家不能把肉类带进门。早餐没有鸡蛋、牛奶、面包等食材，椰奶或杏仁奶替代了牛奶，荞麦面取代了精面粉，味道也丝毫没有打折。

我问卡尔："你为什么这么喜欢做饭？我就完全没有烧菜的天赋。"

他放下手中的鲜榨橙汁，认真地说："我母亲告诉我，如果你能阅读菜谱，你就能烹饪。"

"烹饪的过程中，各种食材或原料之间会产生奇妙的化学反应。比如，你想过为什么做蛋糕时，要加鸡蛋和苏打粉吗？有些原料是为了味道，而另一些是有凝固作用，像我们做面食的时候，加入芝麻是为了让它吃起来更香，而刷蜂蜜是为了粘住芝麻，不让它掉下来。"他笑着对我说。

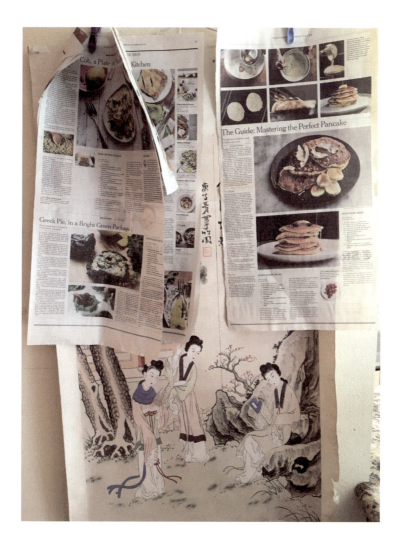

厨房的墙上贴着卡尔从报纸上剪下的食谱

↑ 卡尔家厨房的一角

↓ 卡尔做的素食早餐,包括新鲜水果、坚果、
燕麦片

看着厨房里全套的测量用具和调味料，我感觉眼前这位家教严格的长者顿时变得像《生活大爆炸》中的"谢耳朵"（Sheldon）一样可爱。我不禁开始在脑海中想象着卡尔年轻时的样子，或许他是个学霸，同龄人在踢球时，他却穿着白色实验服，戴着大眼镜，在化学实验室里摆弄试管和烧瓶，每天研究长寿秘方，去实现此生走遍 1000 个地方的目标。

厨房是卡尔的美食实验室，也是他的美食分享空间。他经常邀请房客和邻居参加晚餐派对，食材精致讲究，且全部亲自采购。卡尔告诉我："辰雨，我当房东，是为了接待世界各地有趣的人。有时候我在客人身上花的钱比房费还高。"

相信能量自然流动的二手设计师

我品尝着卡尔刚烤好的松饼，啜着咖啡，看到进门处有一幅中国山水画，好奇地问他来历。"我前妻是中国人，我很喜欢东方文化。因为我相信能量会自然流动，所以在装修中参考了中国人讲究的风水因素。环境可以影响客人的精神和情绪，每个来我家的客人，都情不自禁地爱上这里。"谈话中，我得知过去 30 年里，卡尔改造过 12 套房子。

接着他以厨房为例，给我讲解了设计理念。改造前的厨房，又黑又窄，一面墙把厨房和餐厅隔开，破坏了"气"的流通。他说："厨房是社交空间，我打掉这面墙，改造成一个大理石台，正对着餐桌。打通空间后，主人在做饭时，不会错过所有的聊天内容。"过去 5 年里，有上百位客人在这张透明玻璃餐桌前与卡尔共享美食。

除了能量流动和社交属性，卡尔也很看重实用性。他告诉我："冰箱、水槽和烤箱的位置呈一个三角形。设计时，我确保这三样常用的厨房用具触手可及，让做饭更方便。

"因为我是素食主义者，家具大多选择大自然的颜色。厨房的大理石台面是绿色的，地板是竹子做的，墙面也是大地的颜色。"

看着这个明亮干净的开放式厨房，我想起中西烹饪文化的差异。西方使用烤箱较多，而中式烹饪大多要炒菜，油烟大，很难想象把厨房和餐厅完全打通后，如何解决油烟问题。

卡尔还有个"淘宝"的习惯：每周末，他会去车库二手市集淘一些"宝贝"回家，自己改造。美国人周末会在后院或车库里低价出售用不上的物品，当地人称之为后院二手市集或车库二手市集。

卡尔说："别小看二手市集，在圣莫尼卡，我的邻居们都是生活艺术家，我喜欢赋予旧物新的生命。"他指着客厅电视旁一把漂亮的流线型软椅说："比如这把椅子，我当初看中的是它的形状和结构，而不仅仅是美观程度。买来时布上有洞，破破烂烂的，但是S形的流线设计既实用又美观。因为扶手会阻碍人能量的流动，我去掉了扶手，更换了内胆和布面，你看，它现在像不像一件漂亮的艺术品？"

除了去二手市集"淘宝"，自家的旧物也是卡尔改造的对象：他把登机箱按大小堆成床头柜。好看的东西不一定是新的，淘来的旧物也不一定能直接使用，可以用自己的设计理念赋予旧物新的生命。

卡尔非常知道自己想要什么，一旦遇上心仪的物品，无论多远，他都会搬回家。卡尔家最吸引我之处是一面黑板墙，客人可以随意留言。黑板旁边有一个类似DNA双螺旋形的书架，是卡尔在墨西哥旅行时看中的，并从墨西哥托运回洛杉矶。

长期住民宿，我有幸认识了各行各业有趣的人，而机长卡尔可以算最酷的人之一。

或许卡尔的高度自律是机长的职业习惯使然。年近六十，他没

↑ 两只小鱼的水彩布画,是卡尔上绘画课的　　↓ 登机箱床头柜
作品

各国房客在厨房的黑板上留言

有安逸养老，给自己的人生设限。开飞机、旅行、跳探戈舞、游泳、练瑜伽、研究烹饪、改造旧物。他用力去生活，把每个身份做到优秀。

对于大部分人来说，年纪越大，会越渴求陪伴。而丰富的人生经历，练就了卡尔一颗坚定的内心，屏蔽了外界的杂音，在精神世界里，从容安宁。

后记：

2018 年 3 月，我再次回到洛杉矶，重访书中写到的房东们。联系卡尔时，他回道："我搬到纽约了，去年结了婚，宝宝马上要出生了。"我惊呆了，这个曾要一直单身的智慧长者终于遇到了对的人。这个戏剧性的转折似乎告诉我：让自己完整，成为更有趣的人，才能无惧时光流逝，最终遇到同样有趣的灵魂伴侣。

在"苹果姐姐"公众号，输入"机长"，观看卡尔亲自改造的家的短片。

　　木屋进门处装饰着小号、花环和皇冠

爱丽丝的后花园，每位过客的心灵净土

洛杉矶闹市的世外桃源

"我的房子是有生命的。你相信奇迹吗？我想让客人们感受到这个神奇的院子，以及在这里发生的奇迹。"房东特蕾西冲我眨眨眼。

她的嘴角露出灿烂的笑容，人如其名，她的中间名 Ray（蕾）恰好是"一缕阳光"的意思。此时，我俩正在厨房里沏茶，她煮了一壶客人从巴厘岛带来的柠檬草茶，倒入猫咪形状的杯子。"还有一杯待会儿端给安德鲁，他今晚要熬夜赶一个音乐作品。"特蕾西说。英国人安德鲁是特蕾西交往五年多的男友，两人都是艺术家。

特蕾西望向窗外的后院，那是一小片森林般的天然氧吧，树木郁郁葱葱，矮灌木、竹林和荒漠植物高低错落。几棵高大的棕榈树矗立着，阳光从繁密的枝叶间隙穿过，落在假山的小瀑布上，化作跳跃的光斑。

特蕾西的房子与潮牌林立的街区和游人如织的威尼斯海滩仅有几百米之隔。

"我的房子建于 1912 年，已经 100 多岁了，它以前是好莱坞明星的海滩度假屋，也是当时整条街上建得最早的一栋房子。"特蕾西像介绍自己的孩子一样，将这栋美国工匠风格（True Craftsman's Style）老宅的故事娓娓道来。

20 世纪初期，美国流行邮购组装房，百货公司会把组装房屋

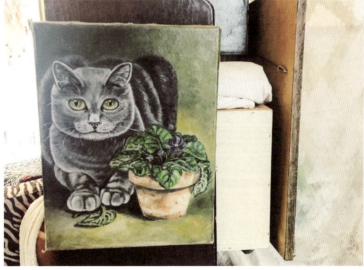

↑ 特蕾西养的猫咪祖（Mizu）

↓ 特蕾西的大姐画的这只灰色肥猫，像极了
《爱丽丝梦游仙境》中的柴郡猫

特蕾西的迷你房车,她称之为"泡泡"

的木材及其他零部件邮寄到消费者家里，所以这栋房子是名副其实的 DIY 房。房子建好后，修补没有间断过，她指着工具箱说："修缮一直在进行中，永远不会停止，因为它有生命力，就像人一样会成长和变化。"

　　置身在绿植环绕的院子里，移步换景，仿佛穿梭于不同的国度里。特蕾西像呵护孩子一样对待老房子，增添各种绿植、动物装饰和画作。特蕾西认为家中的每件物品都有生命，你对它们好，它们也会陪伴你长久些。

　　看着厨房里的肥猫画像、院子里的黄色蝴蝶，我心想：难道我进入了现实世界里的爱丽丝仙境吗？

　　"我准备在后院建一个大蘑菇屋，那就真的是爱丽丝梦游仙境了。"她咯咯笑起来，沉浸在自己的构想中。

茫茫人海中，这栋房子认准了我

"1997 年，洛杉矶威尼斯海滩附近的房子很紧俏，一栋房子放到市场上，基本 30 分钟内就会被买走。我第一次见到这栋房子的时候，已经有 10 多个看房的人挤在厨房里询价。我刻意避开了正在讨论房子的客户，在里面四处转，仔细观察它的每个部分，好像整栋房子只剩我一人。我突然听到内心的声音，而且越来越坚定——'它就是我的'。

"回家后，我坐在卧室里，想到这栋房子的一草一木，不由自主地开始落泪，就好像这栋房子等的就是我，感觉我像一位母亲，'在那一刻之前，人生是不完整的'。我立刻打电话给中介，告诉她这就是我要的房子，却得知房子在开售后 15 分钟就被买走了。中介又发来了 10 多个房源供我考虑，但我坚持只要这栋房子，即使后来得知买家已经开始动工修缮屋顶了，我仍然拒绝考虑其他房子。

"为什么我还要看别的房子呢？它就是我的。"特蕾西的语气坚定。

"四周后，奇迹发生了，之前的买主取消了交易，但房东把定价提高了 1 万美元。我当时只是一名服务员，上哪儿去筹这 1 万美元呢？连男友都不信我能凑够钱。"

讲到这里特蕾西眼睛闪闪发光。"你知道之后发生了什么吗？几天后我接到保险公司的电话，我之前背部受了工伤，赔偿金终于尘埃落定，金额恰好是 1 万美元！

"简直像是命中注定，这栋房子认准了我，而我也陪着它成长了 20 年。搬进来 3 天后，我怀孕了。女儿埃娃在这里长大，步入大学。

特蕾西向我的茶杯里慢慢加水，神色温和而平静。"我和这栋房子等到了彼此。"她说。

打开特蕾西的中国记忆

我们从厨房走进起居室，她指着黄色橱柜说："如果晚上冷，可以自己从柜子里取被子。"她展示橱柜，打开中式的插销时，仿佛一下带我回到爷爷奶奶所处的时代。

"这是中国的吗？"我问道。

"对，是我在旧物市场淘的，我很喜欢中式家具。"

接着，特蕾西翻出一本相册，里面夹着一角、五角、一元的旧版人民币。"我小时候经常用到，但现在已经看不到这版人民币了。你怎么会收藏了这些？"我问特蕾西。

"我年轻时是个模特，1992年去中国走台演出，我很喜欢那里。中国人很淳朴好客。看！这是一位中国导游送我的素描。"

我接过相册仔细端详，照片上的特蕾西看起来神采奕奕、美丽动人。翻到背面，有几行字迹工整的留言。

特蕾西请我翻译留言的内容，"这句话的意思是：'欢迎你，来自大洋彼岸的友谊天使。'你的导游应该是位知识分子，字真好看。"

"哇，天使！"特蕾西的脸上流露出惊喜，"我确实想过要有一双翅膀，为世界带来爱与治愈。"

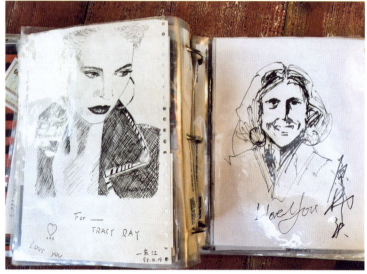

↑ 左: 特蕾西收藏的一张发行于1980年的一　　↓ 中国友人给特蕾西的画像
元人民币。右:导游陈民泽的留言

做一个"清醒"的爱丽丝

特蕾西身处好莱坞造星工场，同大部分素人一样身兼数职，晚上创作音乐，白天在餐厅当服务员。背部受过伤，当过不知名的模特和歌手，承受过独自抚养女儿的压力，特蕾西和爱丽丝一样，为了梦想，也为了生存，她没有怨天尤人，也没有放弃。她以爱回报世界，在洛杉矶这座的大都市里，创造出一片绿洲。

这20年，特蕾西的收入不稳定，买不起昂贵的艺术品，但她会隔三岔五就去车库二手市集，给自己的家慢慢添置装饰品。床头墙壁上的漆脱落了，她便发挥自己的艺术天赋，在破损处用红色记号笔写上"You are loved."（你是被爱着的。）

5年前，特蕾西做了一件改变生活的事——她改造了这栋老房子，开起了民宿，一共有7个客房。有着20年积累的家深受世界各地客人的喜爱，几乎每天满房，房租收入让她和女儿过上了更有品质的生活。如今她请了管家专门打理民宿，自己每年有一个月时间旅行。她和男友安德鲁还组建了乐队，并添置了最好的录音设备，继续追求音乐梦想。

画家张明逸曾说："鹿，与生俱来的出世语境，虽亲近于人，更多的是疏远；马，是入世的状态，被日常所牵绊。鹿与马，是我内心矛盾的双重性，既想远离嘈杂的社会，却又依赖于这个社会，无法做到真正的远离，也做不到真正的亲近。"

特蕾西做到了出世与入世的自由转换，这是她面对人生起伏时给出的答案。因为她心中有信念，才创造出这片心灵净土，也因为她勇敢面对现实，才有了更加稳定的经济来源，把美好分享给更多人。

特蕾西的神秘身份：心灵疗愈师

经历过生活的波折，特蕾西在洛杉矶过着平静而满足的生活，除了艺术家、音乐人、民宿房东之外，她还多了一个新的身份：心灵疗愈师——也就是帮助都市人调整心态、管理情绪的人。

她经常在后院开私人冥想课和小型音乐会，通过专业的引导和古老的音乐，帮助来参加课程的学员学习冥想，释放压力。特蕾西说："今年我又考取了职业拥抱师的执照。""拥抱还需要培训吗？"我不敢相信。"提供温暖的、治愈的、无性骚扰的拥抱可不简单，好的拥抱温暖到心底。"特蕾西边解释，边给了我一个大大的拥抱。这个拥抱不是陌生人之间初次见面的贴面礼，而是像妈妈的臂弯一样令人踏实；这个拥抱也正如她的名字，像冬日里的一缕阳光，让温暖直达心底。

脚下的地板、后院的芭蕉叶和象征克服困难的神象雕塑，组成了这座接纳众生的花园。我开始明白什么是"大隐隐朝市"，特蕾西告诉我环境对人的心境影响很大："出门几百米就是洛杉矶最繁忙的大道，很多客人都不敢相信这里有一个世外桃源。我的房客有相爱的情侣、敢于冒险的背包客，也有犯过错和心灵受过伤的人。这里的一草一木、一石一物共同组成了疗愈的空间，而疗愈师的工作是通过肢体动作、冥想音乐、语言和香氛，引导人去感受和吸收大自然的能量。"

也许每个人都是有琴弦的乐器，等待被拨动，而疗愈师就是那个拨动琴弦的人。

那一晚，我睡在星空主题屋，在天花板上星星点点的亮光下，酣然入梦。

↑ 后院的蝴蝶装饰

↓ 我住进了天使主题屋，窗外的房间标识牌
上有一位金发蝴蝶仙子坐在大蘑菇上

疗愈的音乐密室

"嘘，轻一点，安德鲁正在录制音乐。"特蕾西端着两杯茶，引我走进后花园里一间光线昏暗的密室。此时，太阳已经下山，室外只剩下树木和房屋的剪影。拨开挡在面前的芭蕉叶，眼前出现一扇门，门口铺着一块南美水晶进门石。我像跨过寺庙门槛那样迈过水晶，想起自己曾经在冥想馆里见过的水晶，它能赋予空间能量。

"这是我家最神圣的空间。这些古老的乐器是心灵疗愈课的工具，我和安德鲁在这里上音乐疗愈课。"特蕾西说。

我的目光落在写有"吉祥如意"四个字的铜锣上，并忍不住俯身端详。

"它来自中国。"

"在中国，这四个字是'幸运'的意思。"我解释道。

安德鲁听到我们的对话，暂停手上的工作，摘下耳机说："我给你们放段音乐吧！"旋律中响起那句熟悉的"Ong Namo Guru Dev Namo"（我释放我无所不包的、富有创造性的能量和无穷无尽的智慧）。这是昆达里尼瑜伽课开始时要吟诵的梵文句子。

"这些冥想音乐好适合在绿树环绕的后院里播放。"我感叹。安德鲁会心一笑，打开他们刚刚创作的《大树之歌》视频，配乐均由密室中的古老乐器演奏而成。画面中，一袭白衣的特蕾西在参天大树下轻盈起舞，像落入尘世间的精灵。"和我一起去森林吧。"视频中的特蕾西在林中尽情奔跑，步子轻快，无忧无虑。在音乐密室里，那些纷乱的思绪似乎都被带走了。

来自中国的锣

后院里的木马和石膏雕塑。雕塑的头顶破了，特蕾西把它改造成了花盆

只要相信，就有可能

特蕾西说起她与安德鲁相识相爱的故事。音乐人安德鲁也住在威尼斯海滩，经常路过特蕾西家的院子，那扇红门和院子里的绿树仿佛在召唤他。有一天，他终于忍不住敲门，走进去遇见了特蕾西。对音乐的共同爱好，使他们走到了一起。共处几年后，他们惊讶地发现10年前曾参加过同一个派对，这或许就是命中注定的缘分。

而我对他们而言，也不再是萍水相逢的他乡之客或猎奇的记者，而是有相同磁场的老朋友。退房时，我送给特蕾西一本自制的民宿摄影集，她请我留步，从录音棚里拿出一个紫色玻璃瓶，"这是我做的玫瑰水，它的名字叫'我是金子'（I am Gold），它是有活力的。"

"辰雨你很美，不仅仅是外表，更因为你有一颗善良的心。我相信你会把美好带给这个世界。"

"只要相信，就有可能。"（All you have to do is believe.）写在特蕾西设计的玫瑰水包装上，这是她的人生信条。

每次看到书桌上的玫瑰水，我都会想起特蕾西的话："我想让客人们感受到这里的奇迹。"或许是心中的信念，让她像蒲公英一样从墙缝中冒出，并在洛杉矶创造出这片世外桃源。

这个世界上或许有奇迹，或许没有，但我们总会遇到创造奇迹的人，特蕾西就是这样的人。面对困难，她没有被束缚，而是用双脚走出自己的路。她和跌入兔子洞的爱丽丝一样，在探索中寻找自己，最终成为民宿房东、音乐人和心灵疗愈师，并收获浪漫知足的人生。与其说她买到这栋老房子是巧合和幸运，不如说是因为她值得，因为她从未放弃过心中的希望和努力。

在音乐密室合影,我手中拿着特蕾西制作的玫瑰水　常静/摄

在"苹果姐姐"公众号输入"**爱丽丝**",观看特蕾西家的后花园和疗愈音乐短片。

波比与克里斯塔在布赖斯峡谷的合影

拉斯维加斯不止有赌场，金发女郎也不都是花瓶

过马路时，一位大叔塞给我一张小传单，我下意识地问他："这是什么？"大叔嘿嘿一笑。我拿近一看，上面印着香艳的美女照片，原来是脱衣舞夜店的传单，我马上把传单揉成团扔进路旁的垃圾箱，快步走开了。

这是我对拉斯维加斯最初的印象，在赌城炫目的外表下，到处都有"罪恶"的蛛丝马迹。

初识赌城

第一次知道拉斯维加斯，是在美剧《老友记》里看到喝得大醉的瑞秋和罗斯在赌城结婚。似乎这是一座让婚姻这桩人生大事变得轻松简单的自由殿堂。

密集高耸的赌场酒店彻夜灯火通明，里面汇集了世界顶级餐厅和奢侈品牌，加上精彩炫目的秀和马戏，让人找不到离开的理由。赌场就在酒店内部，好像没有钟表的迷宫，令人不易觉察时间流逝，也难寻出口。来自世界各地的赌徒沉迷其中，喝酒下注，不分昼夜。骰子在眼前滚动，赌徒们时不时向女服务员抛个媚眼，感觉自己向《决战 21 点》的"赌神"更近了一步。不知不觉便玩到天亮，差不多输到底线，准备收场，服务员却像天使一样出现，赠你一张免费餐券。酒店外，排长队等车的贵宾西装革履，精心装扮，在街头

闪烁的霓虹灯下，完美地诠释了纸醉金迷这四个字。

这就是拉斯维加斯，位于美国西北部内华达州大沙漠里的"罪恶之城"——全世界的游客都可以来这里挥霍、减压、逃离现实。它既是地狱，也是天堂。即将成婚的新娘也会来此办"告别单身派对"，享受婚前最后的疯狂时光。而大学姐妹常常会包下几个酒店套间，白天在泳池边喝鸡尾酒，晚上到夜店狂欢。

总之，只要你想玩，拉斯维加斯永远能满足你，而且"你在赌城做的一切，只留在了赌城"。

二次邂逅

2016年10月，我肩负着开拓优步外卖业务新市场的重任再次来到赌城。这一次，我不再是享乐的游客。

如果不是因为工作，我很难找到一个再来这里的理由，但我想起导师的一句话："若你感到不舒服，意味着你会学到更多。若你感到害怕，那正是机会降临的时刻。"湛蓝的天空、一望无际的荒漠和挺拔的仙人掌，从机场的大落地窗看出去，这座城市就像一幅画。

走出机场，我坐上车，和司机闲聊中得知赌城只是拉斯维加斯的一个区域，人们称之为"条形区域"（The Strip），实际为克拉克郡，就和上海的静安区、北京的朝阳区一样，只是一个区。司机说："那里都是傲慢、微醺的游客。那个世界不属于我们。"

这时我才知道，拉斯维加斯是移民城市，接纳了美国各地的移民，它靠近加州和华盛顿州，又靠近黄石国家公园和大峡谷，地理位置优越。享受到自然风光和四季温暖气候的同时，生活成本也很低，生活品质却与沿海大城市不相上下。2008年美国金融危机后，拉斯维加斯房价暴跌，房地产市场陷入低迷，当时 10 万美元就可以买到一栋带泳池、车库的三层别墅，非常适合一家人住。

司机随口说出的话，给了我启发——想要打开市场，就需要扩展到赌城以外的街区。而最好的方法，不是住在舒适的五星级酒店，而是住当地居民家。于是 2016 年底到 2017 年初，我每周都选择住在不同街区的民宿中，房东有时尚摄影师、工程师、律师、室内设计师等，非常有趣。

金发房东克里斯塔：漂亮，但不是花瓶

在众多房东中，令我最难忘的是金发女郎克里斯塔。

克里斯塔出生在加拿大蒙特利尔的郊区，曾在和沃尔玛齐名的塔吉特商场当了 15 年的门店经理。她对我说："你是住民宿旅行，我是跟着工作旅行。从加拿大到迈阿密，最后在拉斯维加斯定居。"步入中年后，她参加了警校的魔鬼培训，现在的工作是帮助劳改犯改过自新。

说实话，这和我心中的金发女郎形象格格不入。当初预订民宿时，克里斯塔金发碧眼的外表让我犹豫了许久。住民宿的过程中，我一直在寻找志同道合的人。金发女郎通常给人的印象是：芭比娃娃、花瓶、刻薄或只会傻笑……总之，我很担心和她没有话题可聊。

最终让我按下确认键的是克里斯塔家里超出想象的民宿设施。我看中她页面介绍里的室外泳池、宽敞明亮的白色系房间和车库改造的健身房。别小看这间健身房，其设施堪比高端酒店：尊巴和瑜伽视频课、跑步机、器械……样样齐全，这样我就无须另找健身房。

克里斯塔的两层别墅位于拉斯维加斯西南区，离机场和红石峡谷都是 20 分钟车程。抵达后，随着车库的卷帘门徐徐上升，我期待已久的车库健身房跃然眼前，同时让我眼前一亮的还有一位身形修长，肌肉紧实的金发美女，她走上前来，笑着给了我一个大大的拥抱："苹果姐姐，欢迎入住。"

我惊讶地问："你怎么知道我的昵称？"

克里斯塔说："我读了你的故事，知道你喜欢瑜伽。健身房请随意使用，我们还有瑜伽课、简·方达的健身操课，别忘了试试。"她指着健身房里的一叠 DVD 光盘说。

我左手拉行李箱，右手提着外卖，她好奇地问："为什么你抵达的时候有两辆车？"

我解释道："一辆送我，另一辆送外卖。因为一会儿我要赶去上班，所以一下飞机就用优步外卖点了素三明治送到你家。"我还顺便宣传了一下公司的新业务。

她淡绿色的眼睛亮了起来，说："我和妹妹也喜欢吃素食。昨晚拜读了你的博客，看你经常和房东一起做早餐，明早试试我妈妈的早餐食谱吧，有九种谷物，你一定会喜欢！"

"太好了！"我满怀期待。

克里斯塔已过不惑之年，还能保持着如此健美的身材，我想一定与她长期坚持户外运动和自制健康美食的生活习惯有关。

我曾问她为什么选择定居在拉斯维加斯，克里斯塔说："我在加拿大出生，从小就喜欢徒步，长大后也一直想念在大自然里的感觉。很多人不知道拉斯维加斯附近有很多国家公园、大峡谷和河流。来到这里，我有种回到家乡的亲切感。"

客房在二楼，我翻阅起床头柜上的入住指南，眼睛定格在两页长的户外徒步路线图上，原来拉斯维加斯的户外资源如此丰富，徒步也是我最享受的与新老朋友交流的方式。

因为长期伏案工作，肩颈出现问题，我尽量避免采用在咖啡馆中坐着不动的见面方式。在美国有一种与朋友见面的方式叫作Power Walk（边走边说）。在洛杉矶海滩边上班时，每次朋友来拜访，我都和他们在附近海滩来回走几圈，聊天的同时看着海浪，时间合适的话还会看到美丽的日落。我问克里斯塔能否有偿带我徒步，她欣然点头："当然可以，本来我和波比周末就喜欢爬山，价钱意思一下就行。"

克里斯塔低头看了一下时间，说："辰雨，请把这里当自己的家，有问题问我老公波比就好，我要赶去马戏团展会，帮我爸爸做宣传。"说完她就匆匆离开了，留下一头雾水的我。之前克里斯塔告诉过我她爸爸是魔术师，但魔术师为什么来这里参加展会？后来我才知道，因为地广人稀，除了赌场、酒店和秀，各行各业的大型展销会也在拉斯维加斯举行，包括每年年初的国际消费电子节，还有各大音乐节，如 EDC[1] 等。

刚刚走进克里斯塔家 15 分钟，就已经刷新了我对拉斯维加斯的印象，克里斯塔也不再是照片中陌生的金发女郎，更像一个相识已久的朋友。

第二天一大早，我走进厨房，桌上摆放着克里斯塔制作的健康谷物。我一眼看到了正方形碗中的苹果丁，里面的十几种谷物全是我喜欢的：藜麦、燕麦、亚麻籽、奇亚籽。它们大多来自南美，是有千年历史的谷物品种。"冰箱里还有红茶菌，有助于消化、

---

1 EDC：英文为 Electric Daisy Carnival，即雏菊电音嘉年华，是世界上规模最大的电子音乐节。

118　　　克里斯塔为我做的健康谷物早餐和咖啡

提高免疫力。"

克里斯塔精通烹饪，家里最让她自豪的角落是厨房。打开她的佐料柜，好像发现了新大陆，几十个透明的玻璃瓶贴上了品类标签，并按大小高低摆放整齐。我脸微红，有些不好意思。在如此整洁的房东家生活，好像普通学生遇上了三好学生，我实在无法以"忙""第二天还会用"为借口再去推脱整理房间这件事了。

红石峡谷徒步

从克里斯塔家搬走后，我们找了一个周末去红石峡谷徒步。前一晚，克里斯塔特意发短信问我出门时间，要开车接我。或许是因为习惯了独立，我答复她："不想麻烦你，我们直接在红石峡谷公园门口见面吧。"手机铃声马上响起，克里斯塔说："认识你的第一天我就知道你很独立，但是请相信我，那里手机信号很差，有多个入口，会很难找到彼此。"

果然，车开进红石峡谷后，手机的信号开始一格格消失，直到无服务。我庆幸自己没有过于固执，下车后，我不好意思地对克里斯塔说："抱歉，你是对的。"她笑答："别放心上。"

开车的路上，平时乐呵呵的波比一声不吭，还戴上了墨镜，黑色镜片挡住了他的双眼和情绪。下车后，他一个人走在前面，降噪耳机里隐约传来重金属音乐的声音。克里斯塔小声告诉我："波比的奶奶昨晚去世了。"我的心一揪："抱歉，早知道就不约今天徒步了。"克里斯塔说："没事，是波比自己要来散散心，让他一个人待一会儿吧！"

聊天中，我发现看上去乐观阳光的克里斯塔也有自己的烦恼，她刚刚经历了巨大的人生转折。在商场工作 15 年后，克里斯塔决定放弃舒适的工作，去参加警校培训。为了通过考试，她每天要接受十几个小时的魔鬼训练。"训练的那段时间我有六块腹肌哦！"她打趣地说。

成为一名警察后，克里斯塔发现惩恶扬善的执法工作，每天需要抓住人性的弱点。她相信"人之初，性本善"，更愿意去发掘人性中的美好和闪光点。于是，她转岗到监狱，帮助犯人改过自新。

克里斯塔的这段经历让我不由地对她心生敬意。眺望远方，碧空如洗，目光所及之处只有岩石与枯枝。我们在荒漠中行走，聊着心事，倾听着彼此，仿佛偌大的天地间只有我们三人。与大自然相比，生活中的问题显得平凡而渺小，但此刻将我们的心拉近的，却正是这些生活中的烦恼。

看我若有所思，克里斯塔话锋一转，开始和我分享一些生活小贴士："我和波比都喜欢喝红酒。TJ[1] 超市货架最底层的自有品牌红酒是有机葡萄酿造的，好喝又便宜。"我感受到克里斯塔为生活打拼的不易，她很会过日子，但又追求生活品质。

我突然想回馈她的善意。"克里斯塔，你如此热爱美食和户外运动，为什么不发展成事业呢？你完全可以提供民宿的额外服务，比如为房客提供徒步导游。"我从克里斯塔湛蓝的眼睛里看到了一丝犹豫，她说："我不知道能不能做得好。""我相信你会做得很好。"

徒步结束的两天后，我接到了大洋彼岸的电话，妈妈说："奶奶去世了，你赶快回来。"在回国的飞机上，我想起波比，这一刻我感受到了他用重金属音乐掩饰的痛苦。

---

1 TJ: 英文为 Trader Joe's，美国平价健康连锁超市品牌。

半个月后，我还在国内老家，收到了克里斯塔的邮件："辰雨，我在入住指南中添加了几条徒步线路的服务，反响很好，谢谢你的鼓励。"我知道自己对克里斯塔执行力的判断没有错。

我一直在外企工作，不断追求高效、业绩和执行力，朋友也大多分布在硅谷、创业圈和金融圈，日常就围绕着几个圈子打转。我每周会坐公交到超市购物，偶尔也会和保洁阿姨打交道，他们组成了我的生活，而我却很少留意他们。和克里斯塔相处的日子里，我接触到了不曾了解的职业，与另一种或很多种人生轨迹相遇。认识她之前，超市的门店经理只是一个标签，我们没有情感连接，而警察的威严铁面更让我敬而远之。但当我住进一位金发碧眼的警察家里，看到她不为人知的脆弱，这种感觉动人且真实。

离开拉斯维加斯时，我不再认为它是一座只充斥着堕落和罪恶的迷醉之城。撕掉游客给它的标签，这座城市向我展露出它质朴和生活化的一面。或许多一点时间了解，每个人都和这座城市一样存在着有趣的另一面，只有抛开成见，才有机会发现他们的特别之处。

工作只是定义人的一个维度，可能限制了我们看待陌生人的角度。克里斯塔也许平凡，却有超出常人的精神追求——人到中年，她挑战一成不变的工作，选择帮助犯过错的人改过自新，她的善良改变了我对罪恶之城的理解。她有经济压力大的烦恼，但也有对生活品质的追求，还十分热情好客。虽然我和克里斯塔的外表和职业都完全不同，但当我们敞开心扉沟通时，就会发现彼此的默契远大于差异。其实，每个人心里都藏着一座花园，等待你去探索。

　　　烈日荒漠中，红石峡谷四处皆是红褐色的岩石

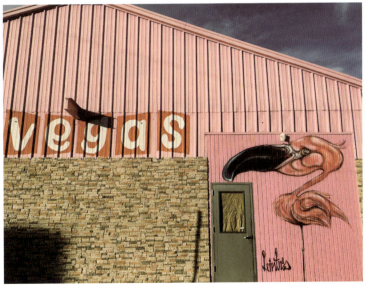

拉斯维加斯艺术区的墙画

画家托比·克莱曼把地下室改造成画室，她正
在展示版画技法

82 岁的"文艺复兴"女画家，每天都是工作日

脸书提醒我"今天是你和托比认识两周年的纪念日"。托比用她一贯的神速给我留言："Hello dear！"短短的两个词，让我想起这段忘年之交。

画家托比·克莱曼今年 82 岁，是一位居住在旧金山的画家。从 2015 年开始，我先后四次跟她学画，她也从美术老师变成了我的人生导师。

她被学生们称为"文艺复兴女士"。文艺复兴是欧洲中世纪的一场思想文化运动，人们借助艺术的力量寻找和放大生活中的幸福。在托比家上课时，我问她这个称号的来历，她说："可能我不是传统意义上的老人吧！"托比是画家、退休教授、民宿房东、科技发烧友，并且精通多门语言。上过她的课，我会憧憬自己年老时也能像托比一样，成为一位优雅的"文艺复兴女士"。

初遇托比："我可以和你学画画吗？"

托比在旧金山城市学院任教 30 多年，退休后也没闲下来。2011 年，她把后院的小木屋放到民宿平台上，并且成为一名获得五星好评的超赞房东。

2015 年 12 月，我到托比家参加"与画家共进午餐"的体验项目。

在托比的课上,我创作的手绘动物作品

第一眼看到托比画的人物和动物，我就被黑白的配色和大胆的线条深深地吸引了。因为太过喜欢，午餐结束后，我翻出自己的肖像画，鼓起勇气问她："我知道没有预约，但是我可以和你学画画吗？"学院派的托比犹豫了几秒，说："来吧，下周六早上9点，准时到。"

就这样，我像中彩票了一样，幸运地走进了托比的生活。因为创业，我已经两年多没碰过画笔了，有时会怀疑自己丧失了画画的能力。当课程结束后，看着自己笔下栩栩如生的小动物，感觉自己原来还和从前一样。在托比家，我感受到了职业画家的真实生活状态。他们并不自由散漫、飘在云端，而是严谨自律地去创作，认真过好每一天。

那天走进托比画室的时候，我以为这是一节普通的绘画课，但今天回想起来，正是这节课和这位退休美术教授的鼓励，为我日后从硅谷辞职并租下画室，提供了动力。

每天都是工作日："谁说我老，我还在工作呢！"

我和托比上了四堂课，每次课程安排都非常规律，上午9点准时开始，12点结束。每节课上，托比不浪费一分一秒，条理清晰地讲解原理、展示绘画材料，并指导学生创作自己的作品。很多硅谷工程师来上课会担心自己完全没有绘画天赋，而离开时都自豪地带着画作回家。这一切都得益于托比30多年的教学经验。

托比会把临下课前的10分钟留出来，将画具和颜料打包送给学生，并叮嘱道："有了这些工具，你回到家里也能完成作品。"同时打包的还有一大袋文创产品和教学大纲，她毫无保留地把毕生的积累传授给学生。拿着大纲，我仿佛回到了10年前的高中美术

厨房一角,托比家每个房间的装饰都是她和丈
夫的画作

课堂。

身为美术系教授的托比，做事十分严谨，她还出过一本书——《画家生存指南》（*The Artists' Survival Manual：A Complete Guide to Marketing Your Work*）。如果我忘记在画作上标注日期和名字，她会提醒我："你又忘记写版权信息了。"几分钟后，她发来一封邮件，附件名为"画家如何管理知识产权"，内容来自书中的一个章节。

一次上完课后，我把画册落在了托比家，晚上回去取时，遇到了正坐在沙发上小憩的托比。她指着桌面，声音有些沙哑，说："今天下午我又画了 20 个盘子，明天有收藏家来取。"结束 3 个小时高强度的课程后，她居然还在马不停蹄地创作，旺盛的精力完全和 82 岁的高龄对不上号。见我惊讶的神情，她调侃道："谁说我老，我还在工作呢！"（I am a working girl！）

这让我想起画家查克·克洛斯，他说过："对于画家来说，每天都是工作日。业余人士一直在寻找灵感，而我们每天都在创作。"在很多人眼中，周末工作就是"工作狂"，而对于热爱这份事业的人，它已经融入生活，成为日常。

一次课、一句话、一条信息、一封邮件，托比的每个举动都在影响着我，她的严谨和自律消除了我身上的惰性。这就是托比的人格魅力，第一次接触会有所敬畏，但又很想靠近。

活到老学到老：“82 岁的我也需要导师。”

托比和我相差 54 岁，而我们依然可以畅快地交流，年龄完全不影响她活到老学到老的积极心态。

她不仅是民宿的超赞房东，也是最新科技产品的种子用户。她会为房客推荐优步打车，也会用微信表情向我道晚安。你能想到的社交平台，托比都有账号，并且随时与朋友们互动。对于不熟悉的现代科技产品，托比都会主动学习。有一次我发邮件，给她的社交媒体主页出点子。不到 4 个小时，她回复并采纳了我的建议。

"辰雨，谢谢你！我也需要导师，请多关照。"

我没想到这位德高望重的退休教授会称我为"导师"，她好学又谦逊，或许这就是她一直年轻的秘诀吧。

幽默老顽童："我在等你发现这个手机壳。"

因为托比喜欢画小动物，回国探亲时，我特意挑了一款手机壳，图案是一只手绘的法国斗牛犬。一年后，我再次去她家学画时，一眼就看到她在用这个手机壳，内心感到一阵开心。

为了不打断教学，我等到课间休息时才问托比："这是我送的手机壳吗？"她哈哈一笑，和全班同学说："我一直在等辰雨发现我在用她送的手机壳，这是她从中国给我买的。"

托比读懂了小礼物背后的心意，并用诙谐的方式告诉我她的理解、尊重和感谢。幽默和童真的一面让她在我心中的形象更加立体了。

托比的爱情观："我们彼此相爱，并不在意别人怎么想。"

到过托比家的访客都会问她："为什么你的画室比你丈夫的画室大这么多？"

↑ 画家乔和托比给我的手账留言，桌上放着　　↓ 托比的手绘作品
乔最喜欢的巧克力

2017年10月25日，在托比父母结婚纪念日这
天，乔再次向托比"求婚"

"没办法，因为我比乔早20年搬进这个房子，乔搬进来前，我的画室已经建好了。"

我们都笑了。

托比和丈夫出生于1935年，都是画家。他们在托比家附近的咖啡馆相遇，并一见钟情。在20世纪90年代的美国，黑人与白人跨种族的恋爱很罕见，会面临巨大的社会舆论压力，但是托比却认为，"我们彼此相爱，并不在意别人怎么想"。夫妻俩的关系亦师亦友。成为情侣后，乔不仅是男友，也成了托比的学生，报名进入了"画家职业生涯管理"的研修班。乔说："她让我的画技突飞猛进，也是她鼓励我开独立画展。"

至于为什么当房东接待陌生人，托比开玩笑说："我老公有很多小爱好，包括爱吃零食，比如巧克力、曲奇饼干。当民宿房东的额外收入，可以满足他的小爱好。"说到这里，乔很配合地从冰箱里取出他最爱的歌帝梵法式松露巧克力，让我品尝各种口味。

"而我喜欢买书和鲜花，我们想保持退休前的生活质量，看到想买的书，马上上网下单，每周可以去超市采购鲜花来装饰家。这些都是当民宿房东带给我们的小确幸。"托比接着说。

在托比与乔的结合中，托比是一家之主。她刚柔并济，既有独立的思想和事业，也有浪漫、温柔、幽默的一面。"自从我在家教课后，来了很多好学的学生。在这样的氛围里，乔找到了新的创作方向，制作了几十幅拼贴画。于是我们把车库改造成了他的新画室，比原来大了很多。"

"互相欣赏是爱的保鲜剂。"说这句话时，托比的眼睛里闪烁着光。他们刚刚庆祝了25周年的银婚纪念日。

她让我有勇气去画画

最初打动我的是托比画作中的童趣，以及那些看似笨拙的笔墨背后的力量。我问她："你是如何找到自己的画风的？"她没有直接回答，却调侃道："你可问错问题了。你应该问我'上周白内障手术成功后，你的眼睛更好了，画风会改变吗？'答案是不会，因为我不是用双眼在画画，而是用心在创作。"

在她身上，我看到了为生活付出的努力，也感受到做自己热爱之事的快乐。认识托比后，我主动寻找世界各地的画家，和他们同住一个屋檐下。他们都曾向我表达过这样的想法：你有画画天赋，不是每个人都能坐 6 小时不动，请一定坚持。

一位画家的鼓励或许是偶然，多位画家的鼓励就有一定的道理了。一砖一瓦，日积月累，365 天后它平地而起，我鼓起勇气从事全职创作。2017 年，从优步辞职后，我租下一间画室，每天画到深夜，画出了 20 多幅住民宿时遇到的宠物。

有人说：你画的动物很有灵性。那是因为我和它们朝夕相处过。在两年多的民宿生活中，我遇到了很多汪星人和喵星人。在我处于人生低谷时，早上醒来发现它们挤到我身边，尽管它们不会说话，但仍然很能治愈我。即便是静静地看它们几眼，心情也会随之好转。在画室创作时，我心怀着爱与感激，也用画家房东们对我的支持和启发不断激励自己前进。

我的民宿宠物系列作品在旧金山展出

在东京的后花园镰仓，与四种慢生活不期而遇

这是一家把中日两国三代人聚在一起的民宿。在日本镰仓，70岁的老夫妇、40岁的"海归"村长、19岁的小妹妹和我，一起吃了一顿家常饭。在这个家里的三天两夜，我感受到了日本老年人的精致生活、"海归"的理想与情怀，以及中国新一代年轻人的独立。

这些妙不可言的相遇，都源于一辆长谷寺的面包车咖啡屋。

来镰仓只为拔草日本最小咖啡馆

短短 10 天的日本之行，我为什么没去泡温泉，而一定要到镰仓来？

一年前，我在朋友圈看到一张照片，一位扎着"休"字头巾的老爷爷在面包车里冲咖啡，他专注的样子让我很受触动。于是我收集了所有关于他的资料，写了一篇名为《日本最小的咖啡馆，长谷寺面包车里承载的工匠精神》的文章发在公众号里。在他不认识我的时候，我就早已熟悉了他。

在被誉为东京后花园的镰仓，这辆面包车改造的咖啡屋就停靠在长谷寺附近，坐江之电小火车到长谷车站下车后，步行就能找到。

← 井边面包车咖啡屋（Idobata Coffee）
地址：神奈川县镰仓市长谷2丁目14-13

店主曾是书店店员，开店的初衷质朴却不简单。Idobata 是"井边"的意思，老爷爷希望他的咖啡屋就像村子里的一口井，能够将爱喝咖啡的人聚在一起愉快交谈。磨豆机和井的元素巧妙结合，成为咖啡屋的标志。

他每天早上 9 点准时出摊，名叫史努比的比格犬是他的忠实伙伴。冲泡咖啡的器具很讲究，磨豆机是富士皇家 R-220，手法也很娴熟。除了出售咖啡，这里还是移动书屋。小小的店面，书香和咖啡的香气混在一起，让人忍不住驻足。

这一年里，有个声音不断提醒我，快去镰仓。后来终于有了这个机会，那天原本计划乘江之电小火车，只要 10 分钟的车程即可到达，但到了车站，我却转念决定用暴走一小时的方式去"朝圣"。抵达后，我点了一杯瑰夏手冲。咖啡递过来时，我把微信文章打开给他看，这位日本"嬉皮士"老爷爷默默点头，露出了我在照片上看不到的微笑，得到这样的认可，足矣。

传奇夫妻的精致生活

从东京出发，到达镰仓站已是傍晚，天灰蒙蒙的。转乘江之电前往稻村崎站。旧绿皮电车和即将入住的小木屋让我兴奋。跳下缓慢靠站的江之电，火车轨道栏杆打开的瞬间，我便拖着行李箱和挎包，径直向小木屋奔去。淋着雨，几经周转，摸黑抵达。

开门迎接我的是河边先生，他刚在雨中跑完马拉松，却面无倦态，很难想象这个肌肉紧实、满面红光的男士已步入不惑之年。

抵达前，我和房东预约了一次聊天的机会，河边先生说："尝尝我妈妈的手艺吧！咱们边吃边聊，这可是少有的待遇哟。"

直到菜上桌，我才意识到这顿欢迎晚宴的隆重，一碗一碟都有自己的故事。碟子是英国淘回来的，碗是日本匠人做的……听说我不吃大肉，璎子奶奶特地将晚餐改为鱼、豆腐、海苔和芝麻菜。因为房子背靠大山，所食之物都有一种大自然的清新感。璎子一直在厨房没有上桌，我问了几次："奶奶要不要一起吃？"河边说："妈妈在准备饭菜。"我们吃完前菜、主食和甜点，她过来收碗、上茶。年过古稀的她如此端庄，每一个动作都严谨而恭敬，将我以贵客相待。

饭桌上，匡一郎爷爷只说了几句英语，大部分时间他们用微笑和点头表达善意，重要的信息由河边先生翻译。

"要来瓶啤酒吗？"河边先生表达了父亲的意思。看我点点头，匡一郎爷爷从饭桌离开片刻，回来时手握两瓶啤酒，一瓶朝日啤酒，一瓶三得利啤酒。"这是我常喝的。"他指着乳白色罐装的三得利啤酒告诉我。

"这些品牌都曾是我爸爸的客户，他退休前在电通广告公司。"河边的语气中透着自豪。原来，步入耄耋之年的匡一郎爷爷曾是叱咤日本的广告狂人，把朝日啤酒推广得世界闻名。

看我充满兴趣，老爷爷马上站起来，缓步走到沙发旁，拿回一本书。他特意翻到有图片的那页指给我看，匡一郎爷爷原来还是个作家，把环球旅行的故事写成了书。翻到作者介绍，"早稻田大学教授""电通广告社高管"等头衔显示着匡一郎爷爷年轻时的不平凡。

河边先生说，他爸爸的适应能力和不服老的精神一直激励着自己。70岁那年，匡一郎还在组织慈善活动。虽然几乎不懂英文，他却带着一群老人，坐游轮周游了世界。匡一郎退休后，依然发光发热，似乎年龄并不影响一个人的活力。倘若我会日文，听他讲故事一定会大开眼界。

住在夏威夷的女儿带回的小狗,陪伴着老夫妻

瑛子奶奶年近70岁，慈眉善目，面容温婉，涂着淡淡的口红，是气质优雅的家庭主妇。相册中，年轻时的她是一个水灵清秀的美人。举手投足一颦一笑间，流露出知性优雅的气质。她把家打理得细致入微，收拾得井井有条，并且做得一手好料理。

这对神仙眷侣般的老夫妻让我感受到了日本老人生活的精致，而这种悠然自得的生活积淀是一辈子修炼出的阅历、见识、眼界和心态。

河边先生：“海归”的乌托邦情怀

或许正是父亲匡一郎和母亲瑛子的阅历和见识塑造了今天的河边先生，他眼界开阔，对人彬彬有礼。

吃着仪式感十足的日料，我与河边不知不觉聊了三个小时。我们碰巧有着同样的经历：高中到美国留学，大学期间到西班牙做交换生，读完本科留在美国工作。我们聊到异国求学的孤独感和刚回国的不适应感，顿时激起了彼此的共鸣。说到中国，他的眼神流露出一丝怀念：“我曾在大连工作过3年，所以会说一些中文。”

5年前，河边回到东京，每天过着西装革履、朝九晚五的日子，努力融入那座压力大到令人窒息的城市里。他有着日本白领的严谨和内敛，内心却暗藏着“慢生活”的梦想。每周末他都会回到镰仓这个冲浪小镇，拥抱日出日落、富士山和太平洋的海浪。

“东京节奏太快了，我离开镰仓越久，越珍惜这里的悠闲生活。”

河边的名片头衔是“村长”，这个村子是他创造的乌托邦村，也是他理想中生活该有的样子。他的梦想是回到镰仓老家，开发文化旅游，鼓励退休老人做接待游客的工作，促进当地村民与外界的文化交流。

　　河边先生最初的"客户"是他父母。这栋绿植环绕的房子是河边的父亲在 20 世纪 60 年代建造的，承载了河边先生从童年到中年的全部记忆。

饭桌上遇见另一个自己

　　抵达镰仓的前一晚，河边先生发来信息："苹果，还有一位 19 岁的房客从杭州来，妈妈临时回国，剩她一个人，能否邀请她与我们一起吃晚餐？"

　　我内心有些犹豫，因为这顿晚餐也算是我的一项重要"工作"——采访房东，我甚至在笔记本上写好了问题提纲。这个姑娘的加入，可能会打乱整个计划，我眼前已然浮现出一个娇惯小公主的模样。

　　事实上，我们用餐的气氛非常愉快。这位杭州姑娘叫樱松，在用餐结束前，她从椅背后抽出一个厚重的本子，里面贴满了门票、车票、ARASH 相片小店名片……在她的旅行手账中，我看到了自己的影子。

　　樱松用日语问房东："可以给我留言吗？"顺手递过黑色水笔。

　　和樱松接触越多，我就越发欣赏这个干练的女孩。她不仅能在英语和日语之间自由切换，也会为了《有喜欢的人》这部日剧追到镰仓和江之岛，拿着一摞打印好的剧照，不遗余力地去寻找里面的每一个场景并拍照。

　　最奇妙的是，我们的生日只差一天，都是水瓶座。尽管我和樱松相差 9 岁，但有很多共同点。她喜欢轻装出行，一大早就整理好箱子，自己搭火车去东京。

我想到了大一时的自己，像樱松一样认真，每次出行前做周密的计划，细到每两个地方之间的交通通勤时间都要写下来。而现在的我更随性，选好住在哪个街区，确认了住宿、航班等不可或缺的信息后，便开始享受旅行。

走得多了，便多了一份淡然，不会因为错过一个展览而懊恼，也学会了留白与知足。

我和樱松一起去江之岛，她成了我的行程规划师，列出两种不同的路线供我选择。一路上，她给我讲日本茶道、日剧，以及为什么冬天会有樱花开放。除了会说三国语言，她在日本的行程，全部都是自己规划的。

樱松让我看到了中国年轻一代旅行者的独立与坚韧。

一次日出的冥想

晚饭结束时，已经很晚了，河边先生说："来镰仓一定不能错过日出和日落。从家出发，步行15分钟就有一个看日出的好地方，可以远眺富士山，感受它的静谧，面朝太平洋，聆听风声，非常唯美。"

镰仓靠海，是东京周边的休闲与冲浪之都，就像加州的威尼斯海滩一样，它和马里布海滩都是好莱坞明星的周末度假区。之前在威尼斯海滩边上班时，我每天下班都去拍日落，回忆起这个场景，我对镰仓的感情也仿佛从初识的状态一下找到了热恋的感觉。

"河边先生，我这两天一直在路上奔波，怕明早起不来。我看过很多日出了，一定要去吗？"我有些犹豫。

"苹果，我今天刚跑了马拉松都不累呢，明早我负责叫醒你和樱松。"河边先生坚持道。我明白他的执着，这是为了让房客在他的家乡有最好的体验。

很庆幸河边先生在我打退堂鼓时推了我一把。第二天天还没亮，就听见敲门声。"过10分钟就来。"我迷迷糊糊地说。没过一会儿又传来一阵敲门声，这次河边先生和樱松都来了。我睁开蒙眬的双眼，挣扎着从床上爬起来。怎么好意思让两个人都失望呢？

远处是富士山和无边的蓝天，脚踩细沙，和海浪拍打海岸的声音阵阵而来。太阳升起时，我闭上了眼，过去12个小时发生的一切都定格在美好的日出中。我感谢河边先生的坚持和那份对家乡的珍视与自豪，脑海中闪过每一个清晨敲门叫醒我看日出、吃早餐，参与到他们日常仪式中的房东，无论在波哥大、东京、还是夏威夷，热爱生活的人总让你感觉每天都是阳光明媚。

镰仓：慢与悠闲中的文化底蕴

回来的路上鸟语花香，江之电从我们身边穿过。河边先生开始讲解镰仓古都的历史和文化："镰仓是继京都、奈良后日本第三座古都。因为靠近东京，日本的文人喜欢到镰仓写书，过着小隐隐于野的田园生活。"大概正是因为有着千年历史的积淀、有着三面靠山一面临海的安稳，镰仓不同于横滨、东京等周边的大城市，有着自己的气质。

河边的介绍也紧跟潮流，他指着铁轨边树木环抱的一家餐厅："你看，这就是电视剧《有喜欢的人》中的餐厅'seasons'的原形——海菜寺，也是唯一可以看海的餐厅。我们当地人一直很喜欢

河边先生静静地感受着家乡的日出

这里，这部电视剧则让更多粉丝慕名而来。"

　　河边先生说："除了日出日落，我第二推荐的就是乘江之电小火车到镰仓高校。"《灌篮高手》陪伴我度过了童年时光，怎能错过？橘色短发无厘头的樱木花道、高冷帅气的流川枫，甚至动画片配音都还在脑海中回放。我和樱松按照河边先生的建议，乘江之电来到镰仓高校前站的十字路口。远方是波光粼粼的大海，那一刻，我幻想着赤木晴子沐浴在一片金灿灿的阳光里，迷人地微笑着，整个天空都明媚了起来。

　　樱松和我都是先去东京后到镰仓的，她是为江之岛而来，而我是为了探寻小小的咖啡屋。在镰仓待了几天后，为什么来似乎已经不再重要。感受过快节奏的东京，我们同时感慨，在东京近郊，居

　　　↑ 江之岛的海景　　　　　　　↓ 江之电小火车

然有这样的一个好地方。

临走时，匡一郎爷爷拿出相机，让我们一起合影，之后一丝不苟地把照片打印出来送我，而璎子奶奶送给我的她亲手做的小娃娃非常可爱。

河边的父母、河边先生、我和樱松是不同年代的人，也许等河边先生到了他父母的古稀之年，我到了河边先生的不惑之年，樱松到了我的年纪时，我们行着不同的路，但不变的是对生活的共同追求。

2017. 2. 5 丁 KAMAKURA

稲村
ケ崎
inamuragasaki

鎌倉 KAMAKURA

（江ノ島電鉄）１日乗車券のりおりくん（B）

江之電

大人　600円　　乗降自由

29. - 2. - 6　0580

発売当日限り有効　稲村ヶ崎駅自01

河邊匡一郎
瓔一子

世界人類が平和でありますよう
May Peace prevail on Ea

idobata
idobata-kotsubo.net

しまぶっく

P+Pqop!

长谷寺 Hasedera　#边咖啡

COFFEE + BOOK

鸟瞰黑石城 · 陈帅/摄

跟我去趟火人节吧

这是一座每年仅存在 8 天的城市。

在 8 天里，会有近 8 万人出现在这座 16 平方公里的城市中。

1986 年夏天，嬉皮士拉瑞和他的朋友们在旧金山海边焚烧雕塑。1990 年，活动被警察取缔后，拉瑞把火人节搬到了内华达州的黑石沙漠。从此，每年 8 月底至 9 月初，来自世界各地的艺术家、嬉皮士和互联网极客们聚集于此，用双手在寸草不生的大沙漠里搭建心中的乌托邦。

在黑石城，人人平等，没有人关心你是谁，人们极度疯狂地表达自我。文身、打舌钉、穿着奇装异服，成了最自然的状态。走在路上，你会遇到站成一排拍照的裸体姑娘，也会路过裸骑单车的男士。火人节没有商业行为，除了售卖冰块和咖啡，其他的都需要互相给予和共享。

黑石城的市民叫火人（Burner），第一次参与者叫新人（Virgin），每个新人进城时都要下车并在地上打滚，这是新人的"欢迎礼"，来适应即将到来的无法洗澡、满身沙尘的 8 天（原则上不能洗头洗澡，如果非要洗，只能去临时露天公共淋浴房）。"欢迎回家"是火人节最常见的问候语。发烧友们每年都要回一次黑石城的"家"，并给新人们取一个专有名字，帮助他们迅速融入大家庭。

在火人节，你能遇到带着婴儿来的年轻父母，也能遇到从 12 岁到 27 岁跟火人节一起长大的孩子，以及连续 15 年"回家"的白发

↑ 火人装置　　　　　　　　　　　　　↓ 燃烧的艺术装置

老爷爷。这里有所有形式的爱：火人与新人之间包容互助的爱，萍水相逢点燃的爱，对逝去亲友和宠物的爱，与陌生人共享一切的爱，还有每个人忠于自我表达的爱。

白天炙热干燥，空气和沙砾几乎要燃起来，临时搭建的神庙（Temple）安静而庄严；晚上音乐震耳欲聋，心脏几乎要跳出喉咙。在这 8 天 7 夜里，人们心甘情愿地牺牲睡眠，将自我释放在流光溢彩中，迎接每一个日出。

火人节接近尾声时，燃烧十几米高的巨型木人装置是最隆重的仪式，它象征着一切美好稍纵即逝。在最后的两天里，各种艺术装置也陆续在火焰中消失，市民们有序地撤离这座临时城市，黑石城又恢复成一片荒凉的沙漠。

我与火人节的缘分

在火人节，你会遇见形形色色的居住形式：房车、校园大巴、蒙古包、帐篷等，火人节最大限度地呈现了家的无限可能，也与我的 365 天民宿生活实验的初衷不谋而合，所以能够参加一次火人节是我的梦想。

没想到第一次参加火人节，也是因为住民宿。这段缘分源自房东伊莎送的一张门票。

伊莎是一位服装设计师，她和上百位艺术家住在洛杉矶的艺术区。我入住时刚好是周五傍晚，伊莎用自家后院的薄荷叶给我冲了一杯温水，并邀请我参加仓库派对。仓库外一片漆黑，只有满天繁星，仓库内灯火通明，来宾穿着奇装异服，无一不彰显着自我个性。伊莎小声告诉我："仓库的主人是给好莱坞大片做道具设计的。"我注意到在不同角落里陈列着艺术装置，后来才知道，这些是过去参加火人节制作的艺术装置。

我就这样误打误撞地住进了洛杉矶的"火人节村"。这里的艺术家和伊莎一样，去过十多次火人节，他们在黑石城里相遇，一起探索艺术、表达自我。回到现实生活后，他们依然住在一起，延续火人节互帮互助的生活方式。

从仓库回来已是深夜2点，伊莎拆开她从中国城买来的盲公饼，递给了我。我从包里翻出民宿手账，伊莎仔细翻阅后，认真地说："你属于火人节！"我有些惊讶，伊莎是有读心术吗？"辰雨，你对世界充满好奇，一定要来一次火人节。"随即她走到电脑前，打开火人节官网的页面，告诉我什么时间、在哪里抢票。

5个月后，她发信息问我："你买到票了吗？"

"还没呢。"我回复道。因为工作不顺利，我一直没有动力去抢票。

"你等几天，我帮你弄一张票，到时候帮我把民宿房源介绍翻译成中文就好。跟我一起去趟火人节吧。"

我万分感激，欣然答应，心想去火人节换换心情也好。

临近出发前，伊莎打来电话："接下来的30分钟，你必须全神贯注地听我说，参加火人节不是儿戏。"她给我分享了一份详细的出行清单，讲解各项须知："每晚要用苹果醋洗脸，因为黑石城的沙是碱性的，会腐蚀皮肤。"

听到这里，我意识到火人节比我想象的可能更艰苦，需要做大量准备。

到达黑石城的时候，参与者会拿到一本《火人节手册》，上面写着：作为市民，在这座城里，你可以什么都没有，但是你需要遵守10条原则。

绝对包容（Radical Inclusion）

无条件给予（Gifting）

去商品化（Decommodification）

自力更生（Radical Self-reliance）

自我表达（Radical Self-expression）

有社区精神（Communal Effort）

承担公民责任（Civic Responsibility）

不留痕迹（Leaving No Trace）

积极参与（Participation）

活在当下（Immediacy）

　　正如伊莎在电话里叮嘱我的，物质准备之外，更重要的是调整好心态，要时刻记住"分享、感恩与自我表达"。

2016年火人节的门票和停车票

与房东伊莎在院子里合影

感知火人节

艺术家们把作品安置到大沙漠，就像一个个快闪店。白天，市民们在沙漠中骑行，欣赏蓝天幕布下沙漠中的艺术创作。这些艺术装置和喷火霓虹灯花车背后，有着大大小小的团队长达一年的辛苦筹备和制作。

夜晚则属于绚烂热情的花车游行和狂欢派对。炙手可热的 DJ、震撼身心的音乐、斑斓的霓虹灯，带来恍惚迷失的幻觉。夜晚可以骑车跟随喷火的花车前行，或是跳上一辆花车继续绕城，赶去听场演唱会，参加狂欢派对。每天凌晨 4 点，"玛雅勇士"和"机器之心"两辆花车会对接上。市民们纷纷前来，在音乐和舞蹈中迎来日出，拥抱、热吻、流下两行热泪。

运气好的话，还可能在日出演唱会遇上比尔·盖茨等大佬，也可能遇见夕阳下的一场梦幻婚礼。

燃烧火人是火人节最重要的仪式。8 万人聚集一堂，观看十几米高的木头人被慢慢烧掉。在火人倒下的瞬间，热浪扑面而来，火光照亮了星空，市民们热情欢呼、拥抱庆祝。火人节给万物带来启示：世上万物无永生，珍惜活在当下的时光。

工程师和建筑师来这里，因为人迹罕至的大沙漠有最具挑战力的土木工程难题，他们搭建巨大的拱顶帐篷、神庙、遮阳棚、厨房、冰库、发电机，甚至把一架波音 747 飞机搬到沙漠里。

艺术家来这里，放飞想象力，制作各种艺术装置，尝试着多种行为艺术和自我表达。

沙漠可以承载世界上最棒的音响装置，音乐人和 DJ 来这里，和爱好者一起畅享音乐盛宴。

　火人节的各种艺术装置

LED 灯光设计爱好者来火人节，展示高超的技术。2017 年最受瞩目的彩灯装置是一棵变色的树，由硅谷的一家 LED 灯光设计公司设计。

火人节包罗万象，一个个装置、一段段故事刺激着我的感官，也丰富了我的感受。

沙漠求生

不要被网红照片欺骗，火人节每个窘迫的瞬间，参与者都津津乐道，而这也是火人节的乐趣所在——如何解决问题，在沙漠中求生。

参加过一次火人节后，我意识到火人节最有意义的部分，不是 8 天 7 夜的狂欢，而是正式开始前建造乌托邦的艰辛日子，你会亲眼看到市民们用一钉一铆让这座城市平地而起。

2017 年，第二次参与火人节的时候，我加入了特斯拉工程师的团队。他们用 6 个月造了一辆 LED 变色龙花车。这只变色龙眼睛会转动，头上能喷火，夜间则变成移动的舞池，它也成了我们营地的吉祥物。

说到建造花车，特斯拉的工程师当仁不让地成为最酷的设计师。我们营地的负责人说："我来火人节是为了解决难题的，把车从设计图纸上的构想变成实物，并将它从旧金山运到大沙漠。"

在去黑石城的路上，困难接踵而至：两位营地伙伴的房车半路抛锚，黑夜中修理无果。他们马上联系保险公司拖车，之后搭上我们的小巴继续前行。这就是火人节互相帮助、共渡难关的核心精神。

我们从商场买了隔离性绝佳的聚苯乙烯泡沫板，自己搭帐篷，

站在车顶迎接日出是火人节的仪式之一

这就是我在火人节 8 天的家。

在这里，除了生活必需品，物质需求会降到很低。火人节就是让人全身心沉浸在精神世界里，抽丝剥茧般一点点探索自我，感受最原始的欲望和爱。仰望星空，低头看到渺小的自己，唤起对万物的敬畏。

来火人节的次数越多，越有不同感触。初来乍到，牺牲睡眠也要去体验所有新奇的活动。第二次参加，会有的放矢，更深入地体验感兴趣的主题活动。"自我修行"是我给自己定的主题，并且集中参加了瑜伽和冥想课程，而非面面俱到。

火人节令我豁然开朗，让很多不可能变为可能，正如我在一个艺术装置上看到的一句话："向内看，可以找到一切答案。"（Everything you need is within you.）

气功老师启发了我

在火人节期间，我上了一节气功课，老师是美国人迈克。"我正在研究《易经》中的八卦，和参加火人节一样，感受它们带来的精神层面的启发。"我十分惊讶，他不仅能讲一口流利的中文，而且比我更了解中国古代文化。

或许因为长期浸染在欧美文化中，出国十几年，我对祖国文化的理解已经出现了断层。尽管我对中国文化有很强的守护感，但当大学教授问有没有人读过 *The Art of War* 时，我竟然没有反应过来那是《孙子兵法》，还误以为它是《战争的艺术》。在美国，成功的企业家们几乎人手一本《孙子兵法》。2013 年，色拉布（Snapchat）的创始人拒绝了来自脸书 30 亿美元收购的橄榄枝，随后他给每位员工发了一本《孙子兵法》，并用第六章"虚实篇"的策略经部署战略。这让我明白：要想守护自己的文化，首先要有深厚的积累。

在洛杉矶，金发碧眼的瑜伽老师们也正在学习《易经》，并将其精髓融入课程中。在社交网站上，我经常看到和中国哲学相关的图片分享，印象最深的图是一匹黑白相间的马，配文是关于阴阳八卦的理解。

在大沙漠里，零碎的思绪逐渐连成一条线，慢慢清晰。我告诉迈克："我想做中美文化的桥梁。"他连连点头："你一定要好好珍惜并发扬中国文化。"

从火人节回来后，我更加重视"向内看"，开始学习中国古代哲学思想，以便更好地分享给西方的朋友们。

有仪式感的犹太晚餐

火人节中，我还参加了生平最大规模的一顿集体晚餐。约1200人到场，创下了安息日晚餐出席人数最多的纪录。即使是在资源匮乏的黑石沙漠里，组织者的认真程度和详尽的细节安排也让人佩服，他们在营地里建了设施一应俱全的厨房，还配了一个完整的厨师团队。

在犹太教中，家庭、社群和定期的休息很重要。因此每周五晚上，犹太人会组织"安息日晚餐"。前菜是哈拉辫子面包，外形像辫子，在面里加了蛋液。犹太人和中国人不仅有勤俭节约、重视家庭等相近的价值观，连面包口味也很类似。

"如何体现一件事情的重要性？那就把它变成一项仪式。"

主持人的这句开场语简洁有力。白色是晚餐的主色调，桌布和

艺术家不远万里把作品搬到举办火人节的大沙漠

灯光营造出神圣与温馨的气氛，在场的犹太人，女子身着白裙，男士头戴犹太小圆帽，大家手牵手，随着音乐一起唱歌，摇摆身体，庆祝一起共进晚餐的时光。我想起《小王子》中狐狸说过的话："仪式是经常被遗忘的事情，它使某个日子区别于其他日子，使某一时刻不同于其他时刻。"

1200人是怎么坐下的呢？晚宴分为两个时段，但是晚到者要等第一桌结束后再入座。若无须入座，也可在营地旁边席地而坐，和其他参与者围成一圈共进晚餐。咀嚼着松软的鸡蛋面包和细滑的鹰嘴豆泥，与对面的陌生人碰杯，惬意美好。社群和分享是这个晚宴的核心精神，不会有人介意你如何参与进来。

生活原本平淡无奇，是人赋予了它特定的意义。犹太人的晚宴让我想起火人节上绘有一双眼睛的艺术装置，上面写着："我们也许不能改变这个世界，却可以改变看这个世界的眼睛。"

相逢的人会再相逢

火人节的8天里，虽然手机没信号，但每天我都会遇到不止一位老朋友。

坐在LED灯装饰的大树下聆听冥想音乐，一睁眼便碰见了硅谷好友，他说："记得今晚来参加我们的营地派对。"在舞池中跟随音乐摆动，一转身遇见了从事音乐疗愈工作的新加坡朋友。在一个营地研究日程安排，广场正对面戴墨镜的男子摘下草帽说："看看这是谁？"原来是进入沙漠后遇见的北京摄影师朋友。在犹太人安息日晚宴上，我惊喜地发现对面坐着5年没见的大学同学，谁会想到我们会在黑石沙漠里以这样的方式不期而遇呢？

或许这就是村上春树说的，"相逢的人会再相逢"。

如何参与火人节

参加火人节的首要环节就是抢票。每年售票分为三个阶段：预售票阶段，销售普通票和团体票阶段，销售尾票阶段。

官网地址：https://burningman.org

预售票：一种是 $990/人，另一种是 $1200/人。这两种票并没有本质区别，只是低价票不易抢到，买到高价票的概率会大一些。

普通票和团体票：个人票价一般为 $425/人。购买者需要留心官网的放票时间，每年的放票时间略有差异。每人只能购买 2 张门票和 1 张车票，车票为 $80。

尾票：购买尾票是最后唯一的官方买票机会。尾票约有 2000 张，票价 $425/人，不包括小费和税。要时刻注意官网放票时间，以免错失机会。

低收入门票：为不能负担普通票的人而准备，价格只要 $190/人，但仅有 4000 张。

其他（转票和等票）：已经购票者因为某些原因想转票，可以通过门票官方交易平台 STEP（Secure Ticket Exchange Program）转售。买票的人登陆 STEP（需要先注册成用户），点击 STEP 注明你想要买几张票，递交申请即可。

参加火人节注意事项

- 随时补水和电解质：火人节期间，生存的第一要素是不渴也要一直喝水。长期处于 40 摄氏度以上的沙漠里，人极易脱水。同时，要在水中加入电解质，否则会头痛。
- 泻药：饮食和天气的变化，加上公共厕所位于户外，排便可能出现困难。
- 防晒：烈日会晒伤皮肤，最好一天多次涂抹防晒霜。
- 准备苹果醋：黑石城的沙呈碱性，每晚用苹果醋洗脸。
- 穿靴子：黑石城的沙会腐蚀皮肤，脚部裸露会变成粗糙的"火人节脚"，所以再热也要穿靴子。

在"苹果姐姐"公众号，输入"**火人节**"，观看现场短片。

即使素不相识，也可友好相待。

Even those who don't know me care about me.

第四章

————

相待：民宿路上的冷与暖

我和艾伦在后院吃早餐，他的身后是180斤重的玉树

三次接机的忘年交，给我的生活带来一束光

"你是我生命中很重要的人，你的开心就是我的安心。"这是艾伦从洛杉矶发来的信息。

我没有想过自己会从过客变成房东生命中重要的一员。

这是一栋坐落在美国好莱坞的三层公寓楼，艾伦家在一楼。

两年前秋天的一个周末，我第一次住进声色犬马的好莱坞，随便走进一家咖啡馆，里面坐着的都是时尚潮人。通过衣着你可以立刻分辨出游客和当地人，在这种衣着品位立见高下的场合，不精心打扮都不好意思进门。

艾伦家的后院和马路只有一栏之隔，时常会听到遛狗人的脚步声、汽车发动声和飞机不时经过头顶的轰鸣声。在这个家住了13年的奥利，有时也会被车突然启动的声音吓到，一路小跑回到室内。外面如此喧嚣，但他特意布置的一排细密的竹编围栏，将院子与马路上的噪声隔开，人在院中也能感到内心安宁。

这个小院代表着艾伦的品位和追求，他调侃道："我家地处好莱坞最繁忙大道旁的小路里。这里不浮躁，也没有游客，有了竹编围栏和橘子树，就像在哥斯达黎加度假，非常浪漫。"

有冰人木乃伊血统的神奇房东

艾伦今年51岁，仍然保持着健身的习惯。他每天早上做早餐，

煮一锅蜂蜜燕麦片，撒上一把亚麻籽，点缀上坚果和蓝莓，搭配牛油果鸡蛋吐司，和客人坐在后院一起享用。

艾伦不仅是犹太人和印第安土著的混血，还跟阿拉斯加挖掘出的冰人木乃伊有血缘关系，这个冰人木乃伊是北美土著人的祖先。

艾伦的母亲出生于阿拉斯加一个古老的部落，得知阿拉斯加掘出冰人的消息后，艾伦和家人专门去做了DNA检测，证实了家族与冰人的血缘关系。对此他自豪地在推特（Twitter）上这样介绍自己——"我的基因和冰人木乃伊可是有关联哟"。

30年前，艾伦在加州大学洛杉矶分校读文学时申请到了奖学金，于是他带着纸笔回到部落里学习特林吉特语，并收集了很多部落的故事。"现在会说特林吉特语的人所剩无几。你把住民宿的故事写成书，我也想把我们部落的故事分享出来。你的勤奋启发了我。"艾伦认真地说。或许对于传统文化的守护感，是我和艾伦成为忘年交的原因之一。

"阿拉斯加土著人源自哪里？"我问他。

"目前有种说法是起源于中国。很多人看我妈妈的照片，会问她是不是亚洲人。据说，几万年前，中国人从白令海峡迁徙到阿拉斯加，并南下美洲，演变成当地的土著人。"

"真的吗？"我假装惊讶的样子，"难怪我俩这么投缘，原来几万年前我们就有血缘关系。"艾伦被我逗得哈哈大笑。

他的家就像一座博物馆

如果美国有豆瓣，艾伦必定是骨灰级用户。他在社交媒体上的头像，是一幅中世纪巴洛克风格的油画，颇像一位爱讲究、不将就的文青，或许这就是他的内心写照。

艾伦的家好像一座博物馆。翡翠绿的墙面，古铜色的褶皱窗帘、欧洲的机械钟表和无处不在的油画作品，我像是走进了 17 世纪的欧洲贵族宫殿。每隔几个月，艾伦会重新挑选并摆放家中的物件，就像博物馆因为宝贝太多要轮流展出一样。

艾伦的品位可算是大杂烩。从意大利雕塑到印尼的画；从中国城买的碗到阿拉斯加土著挂件；他巧妙地把本无关联的物品混搭在一起。艾伦说："可能因为我在好莱坞出生长大，又学文学专业，这种多元化的组合有时候会达到意料之外的效果。"

艾伦收集一切有故事的物品，不管来自哪种文化、哪个年代，连厨房里被人忽视的角落也有不可思议的小细节。艾伦充分利用橱柜顶部的空间，放上鱼骨、陶土人像等艺术品，其中水手和护士接吻雕塑的原型是美国家喻户晓的故事。

古董陈列室也充满了艾伦最重要的记忆。客厅里有一个红木橱柜，打开后可以看到一个阿拉斯加土著人的木刻，刻的是艾伦妈妈的部落特林吉特。木刻旁是艾伦妈妈年轻时的黑白照片和一条海绵质地的编织手链，上面绣了 Yukon（育空）字样，挂了一个迷你流苏靴。艾伦说："Yukon 是阿拉斯加冰人被掘出的地方。这个手链是我妈妈做的，那个流苏鞋是我们部落特有的。"

"我的后院里还有很多巧思。"艾伦边说边引我来到他的小院。

室外的大树已亭亭如盖，树冠探进小院，形成一把天然的遮阳伞。几串小小的迷你灯泡从竹编围栏上垂下，环绕着树枝，夜里像萤火虫点缀在枝叶间。

院子里最显眼的是一盆玉树（Jade），玉树陪伴了艾伦 35 年，他跟我分享了玉树的故事：小时候他弟弟得了重病，没钱手术，母

↑ 博物馆般的家，因为物件太多，艾伦每隔几 　　↓ 室内一角，色调复古
　个月就会调整它们的位置

拥有百年历史的钢琴　　　　艾伦橱柜里的老照片

画中少女好像在与房客交谈

在"苹果姐姐"公众号输入"老爷车",观看艾伦博物馆般的家。

亲就把房子抵押出去，贷款给弟弟看病，之后由于无法还款，房子被收走了，但细心的艾伦留下了这棵玉树。后来得知这棵树是母亲同部落的发小送的。他留下的不仅仅是一棵树，更是长辈们的祝福和昔日家庭的温暖回忆。

我不知该说些什么，原来开朗的艾伦还有这样的辛酸经历。他似乎感到气氛有些凝重，话锋一转，说："中国房客告诉我，玉树长得越大越招财。如果我的房源照片里有玉树，估计会吸引更多中国客人哦！"

"是啊，Jade 在中文里不仅仅指玉树，也是'翡翠'的意思。"我们的谈话又回到了轻松愉快的气氛中。

只开老爷车的收藏家

参观艾伦家时，我发现红木橱柜里还有 3 个老爷车模型——雪佛兰 IMPALA（1959）、克莱斯 300B（1965）、帕卡德（1935），十分精致漂亮。我见过许多喜欢老爷车的人，但是拥有如此精致模型的人并不多。

"你很喜欢老爷车吗？"我问他。

"50 岁之前，我只开老爷车，前后共开过 12 辆，从福特 A 型到别克敞篷车都有。"

"那你最喜欢哪辆？"我很好奇。

"每一辆都有自己的个性、美感和脾气。我很有耐心，尤其是对我的老爷车。"谈起老爷车，艾伦好像在谈论他的孩子。

对车的爱真的深入艾伦的骨髓，除了老爷车，他也收集摩托车，例如：哈雷、Chopper、Bobber。除了哈雷，另外两种我是查了维基百科才了解的。住民宿，每天都能学到一些小众知识。

专注的人更有魅力，就连好莱坞明星妈妈也会被吸引。喜剧明星奥布瑞·普拉扎（Aubrey Plaza）的妈妈来好莱坞看她时，放弃了住五星酒店，选择了艾伦的民宿，就是想见见这个酷爱老爷车、骑哈雷，每天练 P90X[1] 的艾伦。这个故事还上了柯南秀，在网上获得了 100 多万点击量，艾伦也有了当网红的时刻。

离开他家后，我每次在街上看到不认识的老爷车，都拍下来发给艾伦。他有问必答，就像一本老爷车的活字典。

艾伦体贴、细心、好客，我们之间没有只是停留在房东与房客的距离，三次接机的故事，让我们成为挚友。

第一次接机——好莱坞最佳导游

2015 年圣诞节，妈妈第一次来洛杉矶，我特意预订了艾伦博物馆般的家。

艾伦带上我一起到机场接妈妈，回来的路上，路过酒吧或一些不起眼的老建筑，艾伦都能讲出一些有意思的信息：某位当红女明星曾在这里驻唱，某位演员经常去那家餐馆吃夜宵……艾伦是个本地通，也当过导游，他对好莱坞明星的荣辱浮沉和花边新闻了如指掌。

路上，妈妈注意到高速路上一块巨大的广告牌。艾伦说："牌上的模特安吉琳是我朋友，她的形象在好莱坞非常有名。"艾伦自豪地回忆起当年在高档饭店陪安吉琳面见 CAA（创新艺人经纪公司）的经历，"那可是米其林三星餐厅啊！"艾伦的语气中透着怀念。

1 P90X：好莱坞当红的健身项目。

↑ 坐在艾伦的老爷车里,一路上许多行人和我　↓ 1959年的雪佛兰IMPALA模型
　们招手,有种好莱坞明星的感觉

第二天，艾伦驱车带我们从好莱坞一路向西开到 66 号公路的尽头圣莫尼卡海滩。他还准备了一个惊喜——艾伦之前的一位房客是知名漫画家德鲁，那天正在海边的冲浪店里签售新书，还会给参与者画头像。

妈妈英文很好，和艾伦对话毫无障碍。德鲁给我画像时，艾伦就和她讲解冲浪的基本知识。他把我妈妈当朋友对待，还腾出一天时间精心安排日程，带我们逛不一样的洛杉矶，这是花钱也请不到的导游。

得知我喜欢画画，德鲁创作了这幅漫画

第二次接机——亲情味十足的自驾游

艾伦和我不再只是房东和房客的关系，更像是忘年好友。他参与到我的生活里，我也加入他的家庭聚会中。

2016年2月的一天，由于飞机故障，备降洛杉矶东部的机场。这本是一件倒霉事，但艾伦闻讯，立刻发来消息："我马上和大姐去一趟亚利桑那州，你要不要一起？我可以顺路捎上你。"于是我赶上了一次说走就走的周末旅行。我们一路驱车穿越沙漠，追逐夕阳，沿途欣赏广阔沙漠的景色，偶尔停在路边，还有几头驴子过来打招呼。6个小时后，最终抵达哈瓦苏湖边的夏威夷风情小屋。

在路上我才知道，这次自驾游是去见艾伦多年未见的二姐。她3岁时被领养，和领养人一家搬到了夏威夷。二姐今年已经70多岁了，是位画家，白天画画，夜里开出租车。

为了多一些与家人相处的时间，二姐上完夜班，小憩一会儿就会赶紧起床洗漱和家人一起去逛集市。我给他们拍下合影，这也是艾伦和他的二姐第一次合影。他们高兴地欣赏照片，我站在一旁，内心充满感动。这一刻我已经不只是艾伦的一位短租房客，而是他信任的朋友，也是他家人团聚的见证人。

第三次接机——比弗利山庄的奇妙圣诞聚餐

2016年圣诞节，我带着工作任务，再次回到洛杉矶。艾伦主动发消息问我："需要地方住吗？我的家门永远为你敞开，猫咪奥利也很想你呢。"

在艾伦家住了几天后，他邀请我去老板家过圣诞节。"我老板是

↑ 二姐家随处可见散发着夏威夷风情的家
　具：冲浪板茶几和雨林图案的靠垫

↓ 家里的装饰画都是艾伦二姐的作品

洛杉矶颇有名望的律师，家在比弗利山庄的山顶，晚上在那儿看星星可美了。"我听了有些小兴奋，终于可以感受电视剧中的比弗利山庄生活了。

沿着蜿蜒的山路，车很快抵达了老板的家，山顶一片空旷静谧，山下的车灯闪烁如星，让我想起了在香港的太平山顶看夜景的感觉。走进三层别墅，原本以为会见到华丽奢侈的装修，却在挂大衣的时候看到一幅中国书法作品和一把竹椅。在异国他乡看到家乡的物品，让这个圣诞夜更加难忘。

房子的主人去过40多个国家，淘回了各种"宝物"——墨西哥的雕花橱柜里装着土耳其的银质咖啡壶，波多黎各的鹦鹉画像和中国山水画一起挂在客厅的墙上，脚下是来自波斯的印花地毯……这些"宝物"和祖传的老物件代替了奢侈的高档家具。不同的风格和故事汇聚一堂，像一个小联合国。

圣诞刚过，全美国都沉浸在轻松的假期氛围中，但我手头的项目还在进行，工作任务仍然繁重。新年第一天，艾伦带我去鲁尼恩峡谷徒步，我带他品尝了姜黄口味拿铁，和我最喜欢的夏威夷Poke饭。他打趣说："谢谢你带我尝鲜，看来外卖的工作没有白做。"我们用镜头记录下了愉快的新年，这一次我们成了彼此的导游。

对于很多人来说，好莱坞是造星圣地，也是名利场。在好莱坞这部大片里，艾伦绝不是明星，却是自己生活的主角，把家里设计得复古迷人，将日子过得有声有色。

每次住在像艾伦这样有丰富人生阅历的房东家里，我都能在和他们的沟通中收获丰富的人生智慧。

艾伦不仅在生活中带给了我一束光，更教会我如何去寻找生活中的光。

　　布莱恩带我在旧金山金门大桥附近骑行

谷歌产品经理：你在旧金山有一个家

一杯咖啡开始的友谊

这可能是与房东的会面中最与众不同的一次了，因为见面地点并不在房东家里，而是在咖啡馆。

我和房东布莱恩都是环球飞人，约见一次相当不易，从第一次发信息到初次见面，历时 4 个月零 5 天。

坐在红砖厂咖啡馆后院，阳光洒在红褐色细腿钢桌上。布莱恩点了一块曲奇饼干，这可不是普通的曲奇，它含有燕麦、亚麻籽、黑巧克力，原料丰富，糖分又少。原来布莱恩和我一样，喜欢偏素、清淡的饮食。一块曲奇让我们找到了共同点，瞬间拉近了距离。微风吹过，我们从民宿聊到东南亚旅行，从养猫聊到室内设计。

喝完咖啡，我们又同行了一段，路上遇到一只猫咪，布莱恩蹲下摸了摸它，翻看它脖子上挂着的名牌，给主人打电话，确认猫咪是否走失。这个举动，让我看到了布莱恩的爱心和责任感。

告别时，我未曾想过，这位爱猫男子的家，日后会成为我的"行李存储间"，而我和布莱恩也成为能为彼此排忧解难的好友。

住进维多利亚式老民居

以住民宿为生活方式后，每周我都会浏览几百家民宿，挑出心仪的房源、看评论、联系房东，这件事练就了我一双火眼金睛，能迅速判断出一家民宿是否让我心动。遇到感兴趣的房源，我会询问房东是否愿意接待我，并把房源保存在心愿单里，等到时间合适时再预订。

搬到旧金山的第一个周末，一下午我都兴致勃勃地泡在咖啡馆里研究房源。我选出了 20 个心仪的房源，其中就有布莱恩这套建于 1888 年的维多利亚式阳光小屋，它干净、通透又洒满阳光，是我心中家的模样。

在旧金山建城时期，建筑大多是维多利亚时期的风格，就像北京的四合院一样独具特色。除了阳光房，布莱恩家最让我印象深刻的是客厅里的沙发和木头机器人摆件。深蓝色的沙发套是布莱恩和女友手工缝制的，而柚木色的机器人与他的谷歌产品经理身份很相衬。

北欧风遇上猫咪元素

初到布莱恩家，一进门就看到一双黄色大号木鞋，里面有一张猫咪图案的便笺纸，写着"进门请脱鞋"。我在美国待了 10 年，印象中很多人回家后不会换鞋，或穿鞋直接将脚翘在沙发上，甚至鞋子不放塑料袋就直接塞进包里。没想到布莱恩却很细致、爱干净。

布莱恩的家格外明亮宽敞，屋内摆放着大　　　　客房一角
盆绿植和一些书籍

　　　布莱恩对猫的爱渗透在细节里,家里几乎每个角落都有猫的元素

我放好鞋，走到宽大的手工实木餐桌前，桌上铺着猫咪桌垫，桌脚有一座猫咪雕像用来放零钱，还有一些迷你的猫咪摆件。猫咪元素与北欧简约风格融合在一起，整个家舒适又不失活泼。

当然，独受宠爱的猫当属布莱恩养了 20 年的雪花，它跟着他从老家波士顿到墨西哥城，再回到旧金山。他在家办公时，雪花会跳上桌子，站在键盘上，像芭蕾舞演员一样，优雅地踱来踱去。雪花已经 20 岁了，相当于人类的百岁高龄。

把最美的家呈献给全世界

开放式厨房是布莱恩家给我印象最深的地方，也是世界美食的集合地。厨房宽敞明亮，纵深 10 多米，旁边就是客厅和餐厅，餐厅摆着一张长木桌和有热带植物图案的挂幅。

布莱恩是个好物甄选师。他的橱柜里摆满了健康食材：格兰诺拉麦片、农夫市场的杏仁酱、素鸡、奇亚籽薯片、抹茶饼干等，琳琅满目。

我好奇地问他："布莱恩，你家如此精致，不怕客人打碎盘子吗？"

他说："每位客人的资料我都仔细看过，会选择一些有眼缘或有相同爱好的客人。我把最美的家呈献给世界，客人也会好好照顾这个家。"

礼尚往来的默契

或许你会替布莱恩担心，这么不精打细算地当房东，会不会赔钱？布莱恩告诉我，当房东敞开心扉，分享一切，房客也更有可能

↑ 和布莱恩成为朋友后，这张餐桌也成了我的　　↓ 关于高效工作和冥想的书籍，可折叠的木头
临时办公桌，我在此接受过多次采访　　　　　机器人

你从远方来
我到远方去
遥远的路程经过这里
天空一无所有
为何给我安慰

海子诗节选

一位房客将海子的诗送给了布莱恩

爱惜房东的家。虽然房客会用他的食材做饭，但离开时大多会将食材补上，这是一种善意的传递。

看到布莱恩和房客分享零食，我也到附近的农夫市场甄选了健康零食留给他。一来一往中，布莱恩的喜好我都能脱口而出：宇治抹茶、70%手工巧克力、一罐只有160卡路里的无糖香草味杏仁奶。

除了分享美食，基于长期住民宿的经验，我也给布莱恩的民宿提了一些小建议，比如准备一本纸质的《入住指南》。布莱恩的第一反应是，"我一直提供电子版的《入住指南》，里面有我多年积累的餐厅和生活指南"。他走到电脑前，点开一个谷歌文档，他习惯用谷歌产品和线上沟通的方式来帮助客人。

我和布莱恩说："中国游客通常不用谷歌，而有些国家的背包客可能没有智能手机。"听了我的建议，布莱恩马上打开电脑，和我一起编写了一份《入住指南》，并打印装订，放在客房的床头柜上，封面用了我手绘的雪花画像。

友谊的考验

我和布莱恩的友谊并非一帆风顺，也遇到过考验。他非常重视卫生，请了一位固定的清洁阿姨比奥莱塔。她每周一、三、五来家里打扫，收拾过的房间和酒店标准不相上下。

冬天的一个早上，我赶着出门，眼镜和洗漱用品放在洗手间没来得及收拾。比奥莱塔打扫时不小心打碎了我的眼镜，布莱恩得知后马上转告了我。因为我高度近视，眼镜对我很重要，再加上一直过着"游牧"生活，随身只带一个箱子，也没有备用眼镜。恰好我马上要出差，也来不及去店里配眼镜。

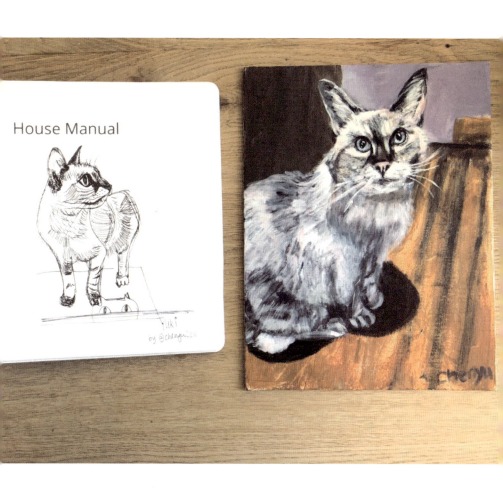

《入住指南》和布莱恩家猫咪的画像

接下来的一个星期，我只能戴隐形眼镜。晚上睡觉前，双眼常常干涩且充满血丝，而工作压力越大，情况越糟，已经影响到了正常工作。如果布莱恩提前和我打招呼，告知阿姨打扫屋子的时间，我可以提前把东西收拾好，再去上班。

离开布莱恩家赶去机场前，他递给我一个牛皮纸袋，里面装着我心仪的零食：杏仁、黑巧克力、低糖低脂的曲奇。布莱恩说："抱歉，眼镜的事情我应该负责，你把快递地址发给我，我给你重新配一副眼镜吧。"

5天后，我收到了一副新的眼镜。

很久之后，布莱恩告诉我，他的一个弱点是不好意思苛责别人，因此经常为别人的错误承担后果。我不禁想起这次"眼镜风波"——打碎眼镜这件事，他并不应该承担全部责任。

布莱恩民宿的正常退房时间是中午11点，清洁阿姨会准时来打扫，为下一位房客做准备。因为我是朋友和长期住户，他就没有给出明确的打扫时间，所以我并不知道清洁阿姨的工作时间。但是，打碎眼镜我也有责任。如果我养成了用完眼镜马上放回眼镜盒的习惯，就可以避免这个小插曲。

我感受到布莱恩的包容，他知道我当时背负着两地工作的高压，精神状态欠佳，并没有和我计较这些细节，表现出了绅士风度。

彼此的心理医生

3个月后，我再次到布莱恩家做客，这次我充当了"心理医生"的角色。当时布莱恩遇到人生的灰色时期，不仅感情生活遭遇挫折，养了20年的猫咪雪花也去世了。布莱恩发来短信："辰雨，雪花昨天去世了，最近我的生活有些糟糕。感谢你的画，让我可以永远记住雪花的存在。我会好好珍惜这幅画，谢谢你。"

我意识到，我与房东不仅是房东与房客的关系，还可以成为好朋友，成为他们生活的参与者。看到画画可以给别人带来如此特殊的意义，我也体会到实现自身价值的快乐，它比任何工作都更让我有满足感。

布莱恩在我的手账里写道："你在旧金山永远有一个家。"在往返于旧金山和拉斯维加斯的日子里，布莱恩敞开家门接待了我；在我处于人生低谷时，他帮我梳理工作中遇到的难题；在辞职后写书画画的日子里，他的客厅成为我的移动办公室，同时也一次次成为我拍摄纪录片和接受采访的场地，他见证了我生活的起起伏伏。困难时期给过你帮助的人，才是真正的朋友。

在"苹果姐姐"公众号输入"旧金山"，观看 24 小时旧金山美食攻略短片。

2016.9.26 - 10.1

Brian's Duboce Tri̶a̶
<u>SF</u>
1 OCTOBER 20

Dear Chenyu —

It was an honor to be pa
of your inspirational project!
I've enjoyed your instagram feed +
your blog and cannot wait to see
all the wonderful + creative ideas
and projects that come from it. It
was absolutely lovely getting to know
you! ~~& talking~~ about airbnb, travel
and food was super too. I'm looking
forward to staying in touch + seeir̶
where your adventures lead you! I'
be happy to connect you to my frie̶
in Singapore [+ elsewhere] and you̶
always have a home here in SF!

warmly, Brian

BE FLEXIBLE, I AM.

2016.9.29 @ Brian's

Chenyu & Brian

Welcome Chenyu!

　　　内森家的装饰墙

善意的传递：一张交通卡的好客方式

在美国，我主要通过爱彼迎来预订民宿。爱彼迎的价值观之一是"好客"，即鼓励员工通过当房东来了解产品，从而更好地服务用户。有一次，我发现它的创始人内森也是房东，很想知道入住他家会是怎样的体验。

一张公共交通卡：民宿才有的好客方式

发了入住申请后，内森回复道：我记得你。我很惊讶他居然记得 3 年前我们在纽约的一面之缘。

这家民宿是一室一厅，正对后花园有独立的入口，与主人的房屋入口是分开的。走进房间，桌角整齐地摆放着咖啡机、茶包、烧水壶，以及内特撰写的一沓厚厚的生活指南。我翻了翻，里面详细介绍了附近步行可达的餐厅，甚至细致到提供了 ATM 取款机、干洗店和健身房地址的程度。

而最触动我的是一张深蓝色的旧金山公共交通卡。这是湾区上班族必备之物，有了它便可以穿梭于加州北部的湾区。粉红便笺纸上写着"公共交通卡，用完请还回"。

在异国他乡排队买过车票的游客都懂其中的痛。你可能会在自助购票机前排很久的队，也可能因为不懂外语而无法购票，这种经历费时又令人沮丧，着急赶车时更容易焦虑，所以我格外能体会到内森准备这张卡的用心。一张交通卡不仅能提高旅行期间的通勤效率，也可以避免沟通不畅的尴尬。这张卡真是一个贴心好物。

看到这张交通卡和内森为客人准备的旧金山精品咖啡豆，我也想留下点什么。于是，通过他的生活指南找到一家有特色的咖啡屋，我买了咖啡豆和华夫饼，把善意传递给下一位客人。

几天后我收到内森的信息："你搬走后的几天我工作很忙，不好意思回复晚了，谢谢你买的咖啡！"

善意的传递

这张深蓝色的交通卡，勾起了我在上海赶火车的回忆。和建筑师朋友何勇开完会后，我赶着坐地铁去火车站，下楼时却找不到一直放在大衣口袋里的交通卡。"那就再买一张票吧！"我自言自语，却暗暗自责。和朋友告别，转身后刚走几步，他叫住我，从口袋中拿出一张卡说："辰雨，用我的卡吧，别误车。"

有惊无险，我在检票结束前5分钟搭上了从上海去杭州的火车。上车后，我松了一口气，如果不是这张地铁卡，我就要改行程了。

还有一次，我借住在另一位建筑师花花家。她理解我的处境，周末经常接待我，还帮我存放行李。她说："游牧生活不易，这是我力所能及的支持。"花花家有五位室友和一位管家，每次入住，我会去超市精心挑选零食和水果带给大家吃，以示感激。年末时，我买了一张充了值的公交卡作为礼物，管家桑福德眼睛弯成了月牙，说："家里每周都有朋友来玩，他们肯定会用得到。谢谢你！"他的笑容令我欣慰。

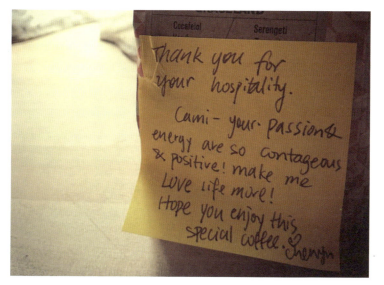

房东收到贴着感谢便笺的咖啡豆后，在社　　↓ 我给房东留下的手绘宠物像
交网站上有感而发："It's the small things
sometimes."（小事见真情。）

穿梭于民宿间，我收获过无数房东的善意和帮助。每次离开前，我都会留下一些小礼物以表感谢，有时是在家附近的咖啡店里买的新鲜豆子，有时是我猜测房东可能会喜欢的零食，还有的是一张手绘萌宠像和感谢信。

"我们经常旅行，知道睡机场的滋味"

除了公共交通卡，我也收到过其他形式的善意，其中最难忘的一次，是在墨西哥首都机场误机后，一对医生房东夫妇主动来机场接我的经历。

2016年春节，我从哈瓦那回洛杉矶，中途在墨西哥城机场转机。趁着候机的一小时，我坐在候机大厅内的登机口附近，开始写古巴旅行攻略。进入状态后，由于写得过于投入，居然错过了飞机。我和朋友开玩笑说："这篇古巴攻略价值500美元（重买机票的费用）。"

由于重买的航班在隔天一大早，于是我想搜搜看机场附近是否有民宿。一对超赞房东的医生夫妇吸引了我的注意，他们的房子距离机场只有5分钟车程。我尝试联系房东，但内心有些纠结：只能睡4个小时，就要起床赶飞机，这样折腾，还不如睡机场，免得再误机。知道我有所犹豫，房东发信息说："我们经常旅行，知道睡机场的滋味，很乐意去机场接送你。"到他们家里已是夜里1点，我很不好意思打扰他们休息。"我们习惯了，经常接待误机和准备第二天飞的客人。桌上有烧水壶和小零食，好好休息一下吧。"

"我能为你做点什么吗？"我问道。他说："你给我写个双语评论吧，这样更多的中国客人可以选择住我们家。"

我被这对墨西哥医生夫妇的同理心感动了。经常在路上的人，了解旅途疲惫的客人的需求，更有可能成为彼此的小火炉。

平价民宿的三颗苹果

旧金山的民宿均价在每晚 100—150 美元。一个风雨交加的夜晚，飞机抵达旧金山机场后，我原计划去朋友家沙发借宿一晚，却因颈椎实在不舒服，想找一张床过夜。于是我打开民宿预订软件，搜了机场周边的房源，一个只有 45 美元的"阿拉丁洞穴"房源让我眼前一亮，光看名字就有预订的冲动。抵达后，我才明白，原来平价的原因是房客要和房东妈妈睡在同一房间，客人睡床，房东妈妈睡沙发。

一进屋，房东奥汉给我泡上安宁茶，打开土耳其淘回来的心形盒让我品尝坚果。第二天我出门逛街，回来后发现桌上多了三个苹果和一个坚果盒。苹果是从后院的树上刚摘下来的，还带着露珠，坚果盒子是奥汉送我的，因为前一晚我告诉他这很好看。感动之余，我很想知道，为什么房费低廉，却还提供这么多贴心的服务？

奥汉说："我和妈妈去过很多地方旅行，每次都被当地人热情接待。"这大概就是推己及人，仁爱待人的意思吧。

这些善意让我想到一个名为"随机的善意行为"（Random Act of Kindness）的社会实验。实验是在咖啡馆，排队时，一位客人给身后的客人买了单，就此形成连锁反应，大家都会为身后的客人买一杯咖啡。当你用善意对待他人，善意也会传递下去。

↑ "阿拉丁洞穴"一角

↓ 奥汉从后院给我摘了三个苹果，并在手账
中留言"我把心留在了旧金山"

是你的日记鼓励了我

我定期把住民宿时的故事分享在豆瓣上，常常收到读者来信说故事中陌生人之间的友谊和关爱，给了她们独自住在当地人家里的勇气。

其中一位来洛杉矶做访问学者的姑娘告诉我："我是一个独立又内向的人，尝试住民宿是个很大的挑战。在你的日记中，有一句话鼓励了我——'好客（hospitality）是双向的，当你在旅途中受到陌生人的照顾，也会想回馈给远道而来的客人。'我向往这样的旅程，也希望通过旅行感受到世界是包容的、善意的。"

日记中的这句话来自房东 G 先生，他说："许多萍水相逢的陌生人在我迷路、孤单、陷入困境时帮助过我，而我想用一间有趣、干净、价格实惠的房车和一杯热气腾腾的咖啡来回馈世界。"

内森提供了一张便利的交通卡，这是在酒店不会有的体贴服务。小小的交通卡体现出他对民宿旅行的了解。内森的善意让我懂得如何关怀陌生人，我也通过互联网和文字把它传递下去。陌生人之间即使素不相识，也可以诚相待。

与房东安娜丽萨和尼古拉在后院合影

这份友谊让我连夜飞回洛杉矶

"辰雨，最近好吗？你的脸书好久不更新，是不是遇到什么事了？我从迈阿密回洛杉矶一周，咱们见个面吧？"

收到这条信息的时候，我在旧金山，正焦头烂额地申请一个重要的项目。放下手机，回想一下，我们已经一年没见面了。一年前，我从洛杉矶搬到了旧金山，而他们搬到了美国东部的迈阿密。

安娜丽萨是意大利威尼斯人，5年前随丈夫尼古拉移民到美国，定居在洛杉矶的威尼斯海滩旁。从2014年开始，我也从最初的房客，变成了她家的"临时房东"和宠物"铲屎官"。

想到这里，我当即预订了飞往洛杉矶的机票，与他们见面。

虽然身处美国东西两岸，但是我们对彼此的关注从未间断。我时常给她邮寄加州新上市的健康零食，而获得了健康教练认证的她，也会定期和我分享保持身心健康的文章和经验，并为我的画留下中肯的意见。

能让我临时订机票飞去见面的人，除了爸妈，估计也只有这对夫妻了。他们是我生活中重要的人。

相识于洛杉矶

第一次入住安娜丽萨家是 2014 年，那时我就职于洛杉矶的一家创业公司，被长期外派至深圳，每隔几个月会回洛杉矶总部出差。

威尼斯海滩旁有条玫瑰大道，街上有男巫杰森·玛耶兹开的素食餐厅，还有买手店、瑜伽馆和果汁店，而安娜丽萨的家就坐落在玫瑰大道旁，走出家门，就能感受洛杉矶的潮人生活。

男主人尼古拉是个软件工程师，他酷爱机车，也是一位画家，家里的装饰画大多出自他手。

安娜丽萨在咖啡馆里兼职，喜欢每天清晨给房客煮一杯热腾腾的咖啡，"在意大利，咖啡是重要的早餐文化。"她很认真地说。

"刚来美国时，我非常害羞，一切都要重新开始，我还要去社区大学学习英文。"她微笑着说，"这个经历让我更自信，现在我不再害怕表达自己的想法了。"安娜丽萨的英语中仍然带着浓郁的意大利口音，但她眼中的自信充满感染力。

来美国前，安娜丽萨是平面设计师，现在她也在业余时间做设计和意大利珠宝首饰的生意。这让我想到一些外籍女性嫁到美国后做全职妈妈，因为语言的障碍不得不放弃了在国内的事业，但安娜丽萨还在为自己的事业奋斗着。

从房客到临时主人

2016年3月，他们从洛杉矶回意大利度假时，让我帮忙照看家中宠物。临行前，夫妻俩告诉了我喂养的方法。"就当这里是家，冰箱和橱柜里的东西可以随意使用。"我感受到她把家托付给我的信任。

那三周里，我每天遛狗、跑步、喂食、"吸猫"，仿佛成了它们的主人。从学习到习惯这对夫妻喂养宠物的时间安排，我也提前体验了一回养育"子女"毫无保留的爱，给它们吃最好的三文鱼罐头，送它们去宠物托儿所，定期带它们看兽医、除口臭。有一次"黑猫

在美国,猫头鹰代表着潮流和智慧,而安娜丽萨的家更像是一座猫头鹰博物馆。从花盆到烹饪计时器,一切都与猫头鹰有关

警长"威廉因抗议主人出远门而绝食，安娜丽萨知道后，马上订了一箱金枪鱼罐头，威廉这才放下姿态，乖乖吃饭。

用技能换宿的想法成真了，这三周的"主人"体验，给了我不一样的意义。帮人照看宠物和画画，不仅可以换宿，还能养活自己。

了解一个人，可以通过生活中的细节或相处一段日子去感受。住民宿的日子里，虽然我一直在搬家，但也曾短暂地安定下来。住超过一周的民宿是我最喜欢的状态，因为相比住一两天，一周时间能更多地参与到房东真实的生活中。

让缘分成为相遇

经过安娜丽萨的同意，她的家也成了我的会客厅。我在这里既接受过采访，也接待过10年神交的网友。一位公众号读者看到我分享的落日照片，发来私信："我恰好来洛杉矶出差，能否来见你？"见面时她跟我讲述和网友一起去的西藏之旅。告别时我们的眼角都湿了，明明才刚认识，却像老朋友般熟悉，懂得彼此。她说："在你身上我看到了自己的影子，你做了一件我想做却没有时间和勇气去做的事。"

夫妇俩从意大利回来后，我采访了她们，并在微博上推荐了这间民宿。一个月后，安娜丽萨发来信息："我家有一位来自中国的房客，他是看了你的故事才预订的。"我立刻买了一瓶红酒赶去她家，和这位来自四川美院的画家畅聊。陌生人之间的缘分很奇妙，一条微博、一个线下的空间，让相遇成为可能。

2016年4月，他们自驾从威尼斯海滩搬去了迈阿密。之后的一段时间里，我也跌入了人生低谷，把自己封闭起来。安娜丽萨

16岁的大狗佐伊趴在尼古拉的画作下

发信息说："我一直关注你的动态，是不是遇到了困难？"由于情绪的缘故，我无法拿起电话聊天，简短回复："最近状态不好，见面细聊吧。"我的心中一直有个声音提醒我："尽快去见安娜丽萨。"

　　这次，我临时飞去洛杉矶，看起来是偶然为之，实则是必然的相聚，因为我们互相惦念着彼此。更巧的是，这次我们入住的两间民宿竟然在同一条街上，只相隔300米。上完瑜伽课，我买了红酒，到安娜丽萨夫妇住的民宿做客，小白狗杰克一直在身边开心地摇着尾巴，如去年搬家前的场景一样。

　　从房客到朋友，我们成为彼此生命中重要的存在。

仙人掌式友情

小时候，友情是和院子里的孩子们一起跳皮筋；出国读高中时，友情是屈指可数的中国同乡塞给我的小熊饼干；大学后，友情是社团小伙伴为了同样的兴趣走到一起；工作后，友情是同组的同事们为了一个项目一同熬夜苦战。这些友情的前提是相同的标签：学校、社团和工作。

然而住民宿的日子里，我身边出现了一群比朋友还了解我的人：一对意大利夫妻，一个商场经理、一位退休老奶奶。我们的职业和经历可能毫无交集，但当他们打开家门接待我，以彼此最真实的状态相处时，我们不知不觉建立了质朴的友谊。

经常有朋友说我是一个矛盾体，知道我的求学经历和工作履历后常感意外，因为从日常沟通和相处中，完全感觉不到我的那些标签。2016 年我在优步做外卖业务推广，在拉斯维加斯的会场发放优惠券，还帮一位中国友人解决了订餐中遇到的问题。一年后她发微信给我："去年你帮我订了外卖，后来才知道你有这么多故事。"

过去 5 年，我在多个身份中挣扎：朝九晚"无"的投行分析师还是周末街头展画的艺人；硅谷的职场白领还是热爱生活的旅行达人；我被问到最多的问题是：你到底是做什么的？我也在思考，自己到底属于哪一个圈子。

或许不带功利的友情会更长久，而民宿提供了打破自己固有社交圈的机会。安娜丽萨在咖啡厅工作，我们原本是两条平行线，彼此并无交集；而一次次住进她家，却产生了比所谓的"朋友"更深的友情。

有些友情像空中的流星，划过时看似点亮了夜空，随后却不知所踪；而另一些友情看似平平淡淡，却值得你去珍视。最舒服的友情或许不是娇嫩易凋的玫瑰花，而更像是安娜丽萨家门口那株高大的仙人掌，不需要过多的呵护，但无论何时，它都那样坚韧挺拔、绿意盎然。

在"苹果姐姐"公众号输入"**仙人掌**"，观看猫头鹰民宿的短片。

我愿一次次被世界温柔以待

两节冥想课：平静面对风浪

2016 年 2 月的一个周末，我正处在人生的岔路口，要在 3 天内决定去硅谷哪家公司工作。所以，我特意选了一位冥想老师的家，找一个静心之处，想和他聊一聊我的困惑。

抵达房东家，已是深夜 11 点。第二天一早，我到厨房和房东一家打招呼。房东有一双深邃澄净的蓝眼睛，笑容让人感到安宁，符合我心中冥想老师的定位。女儿金色卷发，眼睛大而明亮，像个洋娃娃，让人一看，就想抱抱她。房东说："这是我女儿，今年 6 岁。"

我弯下腰和小女孩打招呼，她却头也不抬，把我当空气。我回头冲房东笑笑，说："你女儿真可爱。"话音刚落，她突然放下手中的玩具，指着我说："我家不欢迎你，请你离开。"那一刻，我怔住了。女儿坚定地望着爸爸，重复着："不要让这个女人住我家。"

房东把我叫到一边说："对不起，孩子不懂事。"并向我解释，他和妻子刚刚离婚，女儿对女房客会有些敏感。我这才想起，房东还没更换房源介绍上一家三口的照片，也才反应过来房东介绍中女房东的姓名不是他太太，而是他女儿。房东建议我先去离家不远的咖啡馆散散心，而他则要带女儿去参加亲子活动。

房源信息的不准确让我有些诧异。原本就笼罩在心头的焦虑情绪和陌生环境中的无理指责撞到一起，我压抑着自己的情绪，轻声和房东说："对不起，但你不能让孩子这么任性。"

坐在咖啡馆里，我点了一杯黑咖啡，不加糖、不加奶，试图用咖啡的苦冲淡内心的五味杂陈。这是我第一次对民宿产生抵触，也是第一次不想回到临时的"家"。房源信息的不准确让我对这个家产生不安。同时，民宿的位置描述也不准确，我入住的房间在高速路旁，夜里各种车辆的轰鸣声不断，让人无法入睡。更令人不安的是，房东住在我隔壁的房间，周六晚上，女儿被送到妈妈那里后，只剩我和房东在家。于是，我开始搜索房源，但是因为身心疲惫，我不想再次搬家折腾，只想安静度过周末，做出一个重要的人生选择。

一整天，我被迫在几间不同的咖啡馆游荡，中间吃了碗热腾腾的拉面，安抚了我的内心。笔记本电脑的屏幕一直亮着，却也只是在不同的网站间切换，我没有敲出一个字。直到星巴克也关门了，我才回家。

房东主动问好："你现在感觉好些了吗？"

"我还行。"

"但是你的神情欺骗不了我。来，我给你一个拥抱吧。"

在美国，陌生人之间的拥抱是友好的礼仪。但是，白天的遭遇让我本能地想拒绝。什么？与我独处一室的陌生男人要给我一个拥抱？！

冥想老师说："辰雨，你看起来很焦虑，是不是工作上遇到了什么难题？"我告诉他："两天后要决定下一份工作，目前还难以取舍。"他走向蒲团，"我给你上一节冥想课，免费。"他温暖而友好的笑容缓解了我的不安全感。那30分钟时间好像停滞了，我内心紧绷的弦松了下来，只剩一片安宁。虽然房间邻近主干道，但比起前一天，那晚我睡得踏实多了。第二天一早，房东又给我上了一节帮助专注的冥想课。两份工作的利弊在我脑海里也逐渐梳理清晰。

周日，我还是提前搬走了，回到了安娜丽萨家。两天后，我决定去优步的硅谷总部工作。

这次经历让我意识到，即使和房东很投缘，也可能会因为房东家的生活状态和突发事件，使体验不那么完美。同样的道理，平日的我可能是一个让人舒服的房客，但遇到工作或生活的烦恼时，未必可以展现最好的自己和房东相处。

或许每段经历并不都完美，却让我成长。之后的体验中，再遇到烦心事或者欠佳的民宿体验时，我便会想起那个房东深邃的蓝眼睛和那两节冥想课。内心安静了，人会变得强大，平静地面对人生的风浪，才更容易感知到世界最真实的温度。

一双球鞋：开启火奴鲁鲁最美的风光

在夏威夷的火奴鲁鲁参加婚礼时，我住在瑞典留学生维多利亚的白色小木屋里。维多利亚有一头北欧人标志性的金发，喜欢关于菠萝和猫头鹰的一切，门口除了一面瑞典国旗，还有一尊猫头鹰雕塑。一进门，就看到客厅被改造成了简易的客房。床上放着一张字迹工整的卡片，"你好!（Aloha！）欢迎来火奴鲁鲁"。知道我腰疼，维多利亚主动要求和我换床："沙发床不适合你，你睡我房间吧。"我觉得不妥，预订的是便宜的沙发床，怎么好意思换到卧室呢？里面都是房东的私人物品。看到我犹豫不决，她说："没事，我腰杆硬。"

↑ 为了表示感谢,当晚我去逛街,特别挑了一 ↓ 维多利亚把客厅改造成民宿,她自己
　个猫头鹰钱包送她 　　住卧室

维多利亚不仅把她的房间换给我睡，还在关键时刻，借给我一双鞋。火奴鲁鲁有一个位于科科岬（Koko Head）的知名旧火车道景点，是登山爱好者必打卡的路线，奥巴马一家也曾在这里登顶。我和维多利亚提起这条路线，她兴奋地说："你一定要去。"我支支吾吾半天："时间有限，还要赶飞机，下次吧。"她看看手表说："现在出发来得及，我有车。"面对她的热情，我只好吐露窘境："我的旅行箱里只有一双白色运动鞋和晚宴鞋。网上攻略提到山上的土会把鞋染红，我怕下山后来不及刷鞋，就要赶飞机去毛伊岛参加婚礼。"

维多利亚说："你穿多大码的鞋？"

"38 码。"

她打开鞋柜，拿出一双黑色运动鞋："你试试这双，别担心，我徒步都穿它，不怕脏。"

"真的吗？"

她认真地看着我的眼睛："对，你快出发吧，别耽误行程。"

我穿着这双鞋，沿着陡峭的旧火车道爬上山顶，火奴鲁鲁全貌尽收眼底。那一刻我拍下了全景图，发给维多利亚，和她分享内心的喜悦和感动。

出门在外，真正让我难忘的不是什么饕餮盛宴，而是这样细碎而温暖的瞬间。千里之行始于足下，火奴鲁鲁的美景之旅则开始于维多利亚的这双鞋。

一碗毛豆：无处不在的贴心

了解一个地方最好的方式，就是住在真正热爱这个街区的人家里。

2015 年 11 月底，我拖着行李，伴着海风，走在威尼斯海滩的小路上。远处的海中，小麦色皮肤的青年踩着冲浪板，在海浪中纵身一跃，溅起金色的浪花。

10 分钟后，我走上一座小山丘，路尽头的一栋别墅映入眼帘，淡黄色的外墙和橘红色的砖瓦在夕阳下显得格外热情。房东米丽娅姆的家到了，这座"城堡"是西班牙殖民者留给加州的印迹。

一进门，房东带着一只松狮热情地迎上来。她领着我熟悉客房，并一一展示如何使用每个房间的电器。她还专门为客人开通了在线收费频道和方便网购的亚马逊次日到达服务。此外，米丽娅姆还特意为我准备了一碗毛豆、芝麻饼干和酱油，这让我有些意外，没想到她如此贴心。

米丽娅姆刚刚翻修了这栋有 90 多年历史的别墅，内部是高档现代的装修风格，但墙上挂着当地艺术家的画作，有棕榈树、海滩、滑板公园等标志元素。我随口提到其中一幅画让我想到了美国现实主义画家乔治·贝洛斯（George Bellows）。没想到第二天醒来，一本画册就出现在茶几上，封面是贝洛斯最出名的作品《俱乐部的夜晚》。

米丽娅姆曾是律师，现在有一双上中学和小学的儿女。她身上没有印象中律师的严肃，亲切的微笑拉近了我们的距离。

我询问起入住前观察到的细节，"你的邮件上带有 90291，那串数字有什么特殊意义吗？"

她说："那是威尼斯海滩的邮编，这房子是我爷爷传下来的，我们算是当地土著了。"这让我想起了那部关于比弗利山庄的美剧《90210》。把自己家乡的邮编代码作为邮件名，米丽娅姆一定深爱着她的家乡。

⌐ 建于1925年的西班牙复兴建筑　　⌐ 米丽娅姆为我准备的毛豆

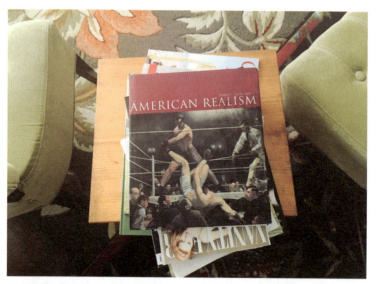

↑ 米丽娅姆放在我桌上的《美国现实主义》
　画册

↓ 我给房东家的松狮画了一幅画像

"辰雨，我知道你喜欢写作，距离我家步行 5 分钟，就有一家咖啡老店，作家和编剧经常光顾那里。"米丽娅姆带我去了那间咖啡馆。店内装饰没有黑白灰的高级色，倒像是走进了邻居的家。旧电扇在头顶转动着，因为房间挑空很高，略显空旷。一排排书架放在角落，搭配着五颜六色的画作。对于爱码字的人而言，找到适合自己的咖啡一隅，就像找到顺手的钢笔和笔记本一样安心。

我发现遛狗是和房东互动的好时机。因为知道我喜欢采访当地人，米丽娅姆说："今晚和我一起遛狗吧！你会碰到有趣的居民，或许会给你一些灵感。每天晚上 8 点，我们相约在 The Coffee Bean & Tea Leaf（咖啡豆与茶叶店）碰头，那是当地人才知道的地方。"原来美国也有类似于中国茶馆之类的地方，邻居们聊聊家常，说说对威尼斯海滩改变的不满和惆怅。

她不仅考虑到我的文化背景，准备了亚洲零食，还把我的喜好记在心上，再小的愿望也不遗余力地帮我实现，如果有一天我开民宿，也希望像她一样贴心。

一次"铲屎官"经历：不用力的温柔

从米丽娅姆家搬出后，我原计划从洛杉矶飞去纽约过 27 岁生日，还和摄影师约好，拍一个纽约的美食视频，作为送给自己的生日礼物，但是计划总赶不上变化，尤其是遇到大自然的突发状况时。

周五早上，因为暴风雪，航班被迫取消，随之泡汤的还有安排紧凑的行程。我一边上班，一边见缝插针地退订纽约的民宿，同时寻找洛杉矶的临时落脚点。我翻遍了洛杉矶的民宿房源，联系了多位房东，但是周五预订当晚的民宿，房源少而贵，米丽娅姆家也已经有客人入住。焦头烂额时，我尝试在朋友圈求助。工程师明阳收留了我，他说："周末我外出，你来我家住吧！正好帮我看猫。"这句话仿佛是寒冬里收到了一块烤红薯，捧在手心里暖暖的，吃起来甜甜的。

那个周末，我没去成大雪纷飞的纽约，而是在四季如春的洛杉矶意外当上了宠物"铲屎官"。两只猫叫 Ruby（鲁比）和 Java（爪哇），是计算机编程语言的名字，很幽默地展现了明阳的职业。

明阳理解我的窘境，没有用施与的口吻接纳我，而是给我一个看猫的"工作"来换宿。除了临走时留下的感谢卡和小零食，半年后我一直惦记着如何再次感谢他。直到我租下一间画室，我画了一幅明阳的奶牛猫作为礼物送给他。

生活中我们会遇到很多人，一面之缘便成了微信联系人。或许在未来的某一天，当你遇到困难，他们也会伸手拉你一把，却不求回报，就像下雨天递上的一把伞，酷暑天送来的一瓶水。朋友圈的每一次举手之劳，于我都是雪中送炭，温暖并激励着我。

这一路，我收获了像冥想老师、维多利亚、米丽娅姆这样的房东的善意。他们的出现如一碗火候刚好的汤面，简单却暖到心头。在一来一往的沟通中，有些已成为朋友。也有许多和明阳一样的朋友，他们在朋友圈关注我的动态，并在关键时刻给予帮助：有的在我受委屈流泪时，发来及时的问候；有的打开家门，用客房或沙发接待我。这些不用力的温柔转化为我坚持的动力，并时刻提醒我心怀感恩。

住只是民宿的一部分，而遇到的人才是我这一路上最大的收获。

在"苹果姐姐"公众号输入**"洛杉矶"**，观看 24 小时洛杉矶美食攻略短片。

打破舒适区，遇见新的自己。

Flexibility, Perseverance, Courage.

第五章

思考：做掌控生活的勇者

梦想可以拆分，如何来一场说走就走的旅行

小时候，我以为只有认识当地的朋友，才能收获一段有深度的旅行。通过住民宿，即使不认识朋友，我也能说走就走，并深入当地生活。在每座城市，都会有一位或几位未曾谋面的好朋友，在等我登门造访。

如果你和我一样，不介意旅行中的不确定性，这份攻略会很适合你。出发前，我常常没有做详细的攻略，有的只是往返机票和几家民宿的预订信息。

闪降波哥大

这次旅行从确定目的地到登上飞机，前后不过 48 小时。

2016 年初，我从洛杉矶搬去硅谷，加入了优步总部，负责中美业务的对接工作。同年 8 月，随着优步中国和滴滴合并，我的职位也随之被取消。经过几个星期的内部面试，我拿到优步亚太区新媒体运营的职位。新的工作意味着又一次搬家，从硅谷到新加坡。得知情况后，朋友建议我："离开美国前，赶紧去趟南美吧！那是离东南亚最远的地方。"

← 波哥大老城区的墙画和花砖

当晚，我买了往返波哥大的机票。不是因为潇洒，而是想利用两份工作之间的空档期，出去看看。

出发前，波哥大留给我的印象，几乎全部来自美剧《毒枭》（Narcos）。"波哥大不安全，女孩子别只身前往。"长辈劝告我。抵达民宿后，房东提醒我："这里小偷多，记得双肩包要背在胸前。"到楼下的超市买日用品，结账后工作人员会检查购物小票，看你是否付过钱。

选择波哥大，除了因为这里盛产咖啡，我也想借此重温西班牙语，但最终让我下定决心的是简单的签证手续和低廉的往返机票。或许是因为治安不好，旧金山往返波哥大的机票价格，比在旧金山租一周房子还便宜。

大一时，因为学长的一句话，我选修了西班牙语。他说："会说中文、英文和西班牙文，你就可以和世界上70%的人交流。"我期待每一次旅行都不是走马观花，而语言是我打开文化交流之门的一把钥匙。

大学期间，我争取一切机会去西语国家游学。毕业时，我盼望着有机会到南美旅居一年，边在咖啡农场打工，边提升西班牙语的水平。而实际呢？为了拿到工作签证我先进入了华尔街，成为一名金融分析师，别人眼中的"投行女"。几年后，我为了梦想去了硅谷，做产品运营，而心中始终放不下关于咖啡的南美梦。

在硅谷，提供给华人的非工程师职位很少，这份运营工作来之不易。我也深知鱼和熊掌不能兼得，想留在硅谷打拼，就不能到南美旅居。我妥协的方式是把梦想拆分开，一年有52周，抓住每个大小假期，到南美不同的城市体验生活。当我们不能改变身边环境时，就去改变自己面对现实生活的方式。

48 小时行前准备

从决定目的地到出发，一共不到 48 小时，我没有做攻略，而是把时间花在了挑选民宿和寻找有趣的房东上。

首先，研究地图，了解最有代表性的街区。波哥大的城市规划横平竖直，南部是老城区，中部是城中区，北部是新建的校园和富人区。在选定三个街区后，下一步就是挑选民宿。这次我提前锁定了生物学家、律师、室内设计师、画家等职业的房东。一般 7—10 天的旅行，我会挑选 2—3 种不同职业的房东，从而立体地了解一座城市。

在工作的夹缝中挤出时间旅行，意味着出发前的日子会非常紧张。要想高效地兼顾工作和旅行，需要对生活有更强的掌控力。雷厉风行、严于律己和轻装上阵，做到这几点，即使准备的时间有限，也能获得极佳的旅行体验。

雷厉风行源于高效的执行力。从预订机票、住宿到打包行李一气呵成，才能在旅行的过程中化身一块海绵，充分感受风土人情。

美国海军陆战队司令约翰·格雷顿·威洛克（John Gretton Willink）说过："自律才能更自由。"出行前，我会进入高度自律模式，提前把能想到的工作列出清单，一一完成。如果带着工作去旅行，全程会被微信、电话、工作邮件绑架，影响了旅行的体验。为此，我在机场、飞机上连着无线网工作，甚至在去机场的路上处理没做完的工作，有了截止日期，效率也会更高。

此次波哥大之行，在去机场前，我还在赶策划案。为了避免误机，我定了三段闹钟，三次响完后立刻放下工作，打车去机场。上车后，我的大脑迅速从工作模式切换到旅行的行程安排中，利用 20

分钟的车程和房东沟通入住细节，并寻求旅行建议。

上飞机前，房东朱丽安娜发给我一份波哥大城市攻略。我买了飞机上的无线网流量，利用5个小时的空中时间慢慢消化这份攻略，顺便补上之前48小时欠下的睡眠。

做到说走就走，其实最需要具备轻装上路的心态和能力。日本生活家松浦弥太郎写过："如果要一个人旅行一星期，你会带什么东西去？最理想的状况是可以靠那些行李生活一个月。"

以前出发的前一天，我总是整理箱子到很晚，恨不得把整间卧室装进旅行箱。当频繁的搬家成为常态，我对旅行中的行囊有了新的认识，一个旅行箱就可以在一座城市住一周。

房东是一张活地图

房东是一张活地图，他们的建议可能比旅行攻略更有趣，也更接地气。本地人的家，像一个被人们忽视的宝藏。不需要早起去咖啡馆排长队，而是在屋里享受温馨早餐；不需要背着相机去植物园采风，而是在工匠家和满屋的植物共处。即便不出门也能深度感受城市的文化底蕴。好的民宿不仅有优良的地理位置，房主也有见识和故事。选对民宿，可以使旅行规划达到事半功倍的效果。

波哥大之行，我住的第一家是波哥大最早的民宿。妻子朱丽安娜是生物学家，丈夫胡安是律师，从2011年至今已经接待了200多位客人。

这间民宿位于城中心的文艺区，出行便利。文艺区聚集了各种有趣的小店和来自世界各地的美食，漫步在此即可感受多样的文化。

抵达民宿后，朱丽安娜特意叮嘱了一句："清晨是感受波哥大最妙的时刻，好好享受吧。"

刚想翻阅书架上的《孤独星球：波哥大》，就听见朱丽安娜和我说："你可以带上它，这几天方便时都可以看。另外，我带你下楼转转。"她想在自己认为一天中最棒的时间段，带我了解这座城市。

波哥大是高原地形，山坡较多，步行 20 分钟后，朱丽安娜冲我眨眨眼说："累吗？走，带你去吃饭。"她的话语中流露出"我知道你的口味"的自信。

果然这家素食餐厅从白色裸墙、竹编饰品、环保纸巾到门口的涂鸦，都是我喜爱的元素。见面前朱丽安娜已经通过网络了解我，阅读了我的介绍和房东评论，"知道你喜欢小狗，今晚胡安会把薄荷公主从我妹妹那里接回来。"朱丽安娜对我说。

点餐后等待的时间也不想浪费，她把菜单翻到背面，画了一张波哥大的地图。"我给你讲讲城市规划，听完你会比较有方向感，出去逛不容易走丢。波哥大的街道横平竖直，很容易记住。"她边画图，边递来一杯热巧克力，撒上芝士粉，"趁热喝，这是波哥大的特色。"朱丽安娜说。窗外天气阴沉，但来自波哥大的温暖随着这杯热巧克力融入心窝。

民宿的魅力来自房东的分享和坚持，他们想把城市最好的一面分享给客人。

带一颗平常心去旅行

周末，朱丽安娜和胡安带上了爱犬薄荷公主，邀请我一起在波哥大骑行。

↑ 房东家的客厅

↓ 客房里的流动书架，房客可以用自己的书和房东的书交换

"骑行是当地人的周末娱乐方式，每周日波哥大城的第七大道变为自行车道，沿着它从 30 街向北骑到 80 街，一路上你会发现，红砖老房逐渐过渡到摩天大楼，街边的艺术涂鸦也被大广告牌所替代。没有汽车和噪声的干扰，骑行是了解波哥大最好的方式。"胡安还运营了一家自行车租赁公司，在业余时间一直推广单车文化。

骑行结束后，我们走进一家面包店，在可颂和咖啡的香气中，胡安跟我说："辰雨，你今天体验的就是我们的日常，每周日我们都会带上薄荷公主骑行，不同的是，今天有你。民宿让我们结识了很多价值观相同的朋友，我去阿姆斯特丹出差时也会住在一位老房客的家里，骑车会友。"

我很感激遇上了胡安和朱丽安娜，他们把波哥大美好的一面，在最短时间里展现给我。我学会了用很短的时间去了解一座城市。骑骑车，吃吃饭，和咖啡农场主聊聊天，看上去再普通不过，但这样可以融入当地人的生活。

于我而言，旅行就像是换一个城市生活，并不是每天打卡网红店，而是既有无意义的消磨，也有不小心犯的错。用平常心去对待每一次旅行，力求完美的欲望也会有所克制。

旅行中的应变能力

一切都安排好后，说走就走的最后一个要素是随机应变、灵活应对突发事件。比如，护照丢了、租的车被拖走或赶上临时的工作面试机会……经常旅行，你会发现计划永远赶不上变化。

出发前，我已经决定从硅谷搬去新加坡，并开始准备行李和签证。但是，峰回路转，在机场我得到了优步外卖业务的内部面试机

房东的爱犬薄荷公主

会。在候机大厅，我接到了电话面试，此时电脑还剩 15% 的电量，我边临场构思新市场的运营方案，边找其他乘客借充电器。面试从旧金山机场一直延续到波哥大的民宿，3 天内通过 4 轮面试，最终我得到了录用通知。波哥大之行，一刻没有停下。

波哥大之行结束后，飞机着陆在旧金山机场，我也开始了新的生活。这个原本是告别硅谷的假期，变成了留在硅谷继续打拼的契机。

利用工作间隙说走就走，不是为了潇洒，而是来自对生活的热忱和一点"贪心"。

灰狗大巴和气垫床，用什么心态面对未知

2016 年 7 月的一个夜晚，我乘灰狗大巴从旧金山一路颠簸到洛杉矶。6 个小时的夜车，我试图坐着睡觉，但膝盖抵着前座无法伸展，脖子僵硬，隔壁的小孩歇斯底里地哭着。邻座的大叔酣畅地打了一路的呼噜，我和他紧挨着，连胳膊移动的空间都没有。

凌晨抵达洛杉矶，当时我已经疲惫不堪，眼皮在打架。我告诉自己：以后再也不坐灰狗大巴的"红眼夜车"遭罪了。没想到一个月后，因为开车技术不佳，我不得不和灰狗大巴再续前缘，坐夜车赶到深山里的蘑菇屋。

或许灰狗大巴于我的意义是，在一次充满未知的旅途中，挑战自己舒适区的边界，积极面对未知世界的艰苦与美好。

每个嬉皮士都有一次灰狗大巴之旅

开业于 1914 年的灰狗巴士，是美国和加拿大最常见的州际长途车，因车身印有一条飞奔的灰狗而得名。巴士内置充电插口，有无线网络覆盖，后部还配有洗手间。在铁路并不发达的北美，灰狗大巴有近 3800 个车站，可帮助旅行者自由穿梭在不同的城市。因为

灰狗大巴车站门口　　　　　　我拖着箱子乘坐灰狗大巴

站点多且价格合理，灰狗巴士也成为嬉皮士们浪迹天涯的不二之选。巴西作家保罗·柯艾略就曾乘着灰狗大巴穿越美国，这一经历也为他后来创作畅销书《牧羊少年的奇幻之旅》提供了灵感。

10 年前，在美国读寄宿高中时，我第一次乘坐灰狗大巴去麻省理工学院上暑期学校。我带了 3 个大箱子，中途转车时，正发愁没有第三只手拖箱子，一位黑人大哥走过来，说："姑娘，需要帮忙吗？"半年后，我把这个故事画进了大学申请的个人陈述中。那时，我对灰狗大巴的印象是亲切的。

辗转于不同民宿间，我曾幻想过自己是保罗·柯艾略，乘着灰狗大巴穿梭于美国各大州。它硬件条件简单，却总能解决燃眉之急，相比于飞机，降低了出行成本。但有时它也会晚点，甚至迟到 30 分钟不出现。对旅行者而言，乘坐灰狗大巴是一种自我挑战，但条件虽艰苦，却总能带自己到达想去的地方。

清晨 5 点的"流浪汉"

为了节省开销和通勤时间，每次出行我尽量挑选红眼航班或者夜间大巴。

有一次，清晨 5 点，抵达房东家时天还未亮，街上空无一人。我在门旁找到了房东桑妮给我留的钥匙。走进后院，恰好有一张板凳，我冒出了个念头，要不在这里眯两小时，等天亮再联系房东。

此时，二楼窗口有人探出头，大喊："你赶紧走，否则我叫警察了。""桑妮，是我，辰雨。"或许是因为流浪汉经常在威尼斯海滩出没，桑妮对后院的动静十分敏感，竟然误以为我是私闯民宅的流浪汉。

她下楼迎我进屋，并铺好了沙发床，说："好好休息一下吧。"

我钻进了刚换洗的白床单，还有薰衣草的香味。原本以为要露宿街头的我，却被房东提前接待。比起颠簸的灰狗大巴，睡在沙发床上，感觉就像从站票升级到了卧铺。

我和灰狗大巴的故事总是发生在夜晚，并掺杂着不舒适的体验，但是抵达终点后，通常有着美好的风景。住民宿的日子，在山重水复疑无路的困境和柳暗花明又一村的惊喜中一直交替着。上一秒我还是窘迫的"流浪汉"，下一秒就与房东在洒满阳光的海滩别墅共进早餐。

亲朋好友劝我，一个姑娘家，别这么折腾。但折腾背后，这些艰苦和困难一次次转化为惊喜和收获，并给予我更坚定地走下去的信念。

威尼斯海滩

第一张气垫床：不是亲人，胜似亲人

我很喜欢《四季》居住特辑里的一句话，"当你开始信任这个世界和周围的环境，就会放下戒备，性格也会更加开朗，认识更多的朋友，并且勇于直面工作中的挑战。"

当我从江南水城芜湖到美国排名前十的私立高中读书时，对陌生环境的期待与恐惧同时占据着我的内心。前3个月，上课像是在听天书，和同学打招呼，我也只能用一个微笑回应，而烂熟于心的英文单词在关键时刻也会大脑短路，说不出口。

入住的寄宿家庭带给我很大改变。得知接待家庭盖乐普夫妇是退休的医生和老师时，我害怕和他们没有共同话题。戴着厚眼镜的老爷爷，在这棕色的小木屋前打开家门时，我看到了外公的影子。那两年，我们一起做饭，聊世界各地的文化，慢慢走近彼此，他们也成了我的美国爷爷奶奶，并以家属的身份参加了我高中和大学的毕业典礼。

10年后的2017年，我再次拜访了爷爷奶奶。他们搬进了老年公寓，离开了居住30多年的小木屋，珍奶奶说："家里没有客房了，所以你只能睡气垫床了哦，再体验一次10年前的民宿吧。"她还是这么幽默。

高中时，盖乐普夫妇视我为家人，让我在异国他乡不再孤独，敢于面对未来的不确定性。我想未知中一定存在着美好的可能性，这就是世界让人上瘾的原因。

←　2017年3月5日，美国爷爷奶奶家的气垫床

气垫床和睡袋

空房生存：解锁气垫床的护腰技能

这一路，我不是独自一人，每位曾在我朋友圈下点赞、留言支持的朋友都是我的同行者。身边的朋友更会伸出援手，在我"无家可归"时，竭尽所能为我提供栖身之地，让我可以卸下一路的疲惫，安心入睡。

2016 年 4 月，我从洛杉矶搬家到旧金山。最明显的感受就是房租很贵，民宿的价格几乎是洛杉矶的两倍。加上清洁费、城市税等，每天住民宿成了一笔不小的经济负担，和在洛杉矶时更纯粹地探索城市和结识房东的体验完全不同。

当时优步与滴滴正在争夺中国市场，经常有同事回国出差，我试探性地在公司的微信群里发出了1—2周的短租请求，没想到收到了好几个回复。其中一位同事刚好在搬家，房子还剩10天到期。她说："要是不嫌弃，来我家住一周吧。免费，算是支持你。不过给你打个预防针，家里都搬空了，你可要自己带张气垫床。"

我马上在朋友圈求助，刚好一位住在附近的朋友，可以借我一张气垫床。入住后，发现无线网也切断了。我先用手机热点上网加班，但是网速太慢，我突然想起隔壁屋的门上挂了一个巨大的中国结，心想邻居是不是中国人？敲开门后，居然是一位同事，她也是我的一位忠实读者。她不仅把被子和枕头借给我，还让我使用她家的无线网，顺利完成了加班的任务。

"你家有快递纸盒吗？"我犹豫了半天，还是开口借了一个快递纸盒。这是我的护腰神器，因为气垫床很软，每次睡醒都会腰酸，把纸盒拆开，摊在气垫床上，虽然简陋，但可以保护脊柱。

这次空房生存的考验，让我意识到，有时候出门在外，不仅要带上行囊，还要带上便携式气垫床和移动 Wi-Fi。面对未知中潜在的困难，要有一颗勇于寻求帮助的心，不要害怕被拒绝。

一次画展，我住进了他们的家

从陌生到熟悉，可能只是一盘美味的距离。

2017 年我从优步辞职后，在旧金山租了一间画室。一个周五的晚上，我照常锻炼完去画室，刚好赶上一个画展的开幕酒会。画家来自洛杉矶，他的作品让我想起了中国的皮影艺术。酒会桌上健康的有机食品引起了我的注意，一块大饼里有十几种配料，芝麻、辣椒、肉桂等，我想这位厨师应该很讲究。

我拿起一块脱水橘子片，尝了一小口，恰到好处的香脆与微甜。一位身着牛仔服、扎着马尾辫的女士走了过来。我问她："是您做的吗？太好吃了。"她叫佩吉，是画家的妻子，一位好莱坞的制片人，作品包括《落魄大厨》等。闲聊几句后，我发现曾经在她家附近的民宿住过，立刻多了几分亲切感。

两个月后，我飞到洛杉矶看望朋友，和佩吉提到可能会路过她家，特别想念她的橘子薄片。她马上关心道："有地方住吗？你要是不介意和兔子当室友，我可以在客厅加个床，欢迎你随时入住。"

第一次入住很愉快，后来佩吉再次邀请我，这一次住了20天。佩吉的丈夫每天早上天不亮就起床画漫画，多年来从未间断。在和佩吉夫妇相处的日子里，我逐渐习惯了她的"家规"，学习了他们对待生活的态度，我变得更加自律，也培养了环保意识，减少使用塑料袋和一次性碗筷。

365天住民宿的项目结束后，我依然选择不长租房，继续做城市游牧者（urban nomad）。面对旧金山昂贵的民宿，我选择了其他住民宿的方式——短租朋友的空房，或用帮房东画宠物来换宿。我不知道下一扇门后面会遇见怎样的人和事，但我已满怀期待走在这条通向未知的路上。

和姨妈聊天时，她回忆起我的小时候，"你还在吃奶的时候，虽然很吃力但仍然顽强地向玩具爬去。"那或许就是我最初面对未知时的态度。

↑　我住在佩吉家的客厅，和兔子为邻

↙　毛很长的英国兔子

↘　佩吉丈夫制作的艺术品

尊重，让旅行更美好

"旅行是一次混血。"作家李欣频这样说。

我想，住民宿也是一次混血。

住进当地人家中，除了感受另一种生活方式，遇到糟心事或误会也在所难免。比如，无意中打碎玻璃杯、误用了房东的牛奶、洗衣服不小心把水洒到地上等。民宿表面看就是睡一晚的地方，但它的背后其实蕴含着相处之道。一次好的体验源自双方的尊重：是否可以拍照，是否可以接待朋友，是否可以在室内抽烟……不管房东在场与否，这些都需要征得他们的同意。将心比心，尊重文化差异和房东的生活习惯，才能收获更好的民宿体验。

每个人对住宿的期望值有所不同，当习惯了酒店的标准服务，节约意识可能会比较淡薄。有些民宿房东提前设置了一些"家规"。比如，贴上"请随手关灯"的标识，或者建议空调温度的范围。房子布置得越精心，房东也越讲究，可能细到家中每一件物品的位置都经过了深思熟虑。房东爱惜自己的房子，也希望房客尊重和善待这个临时的家。

＼加州太浩湖的木屋是房东的家庭度假屋，　　✓ 小木屋的橱柜一角
　　附近偶有熊出没

尊重源自相处之道

住进别人的家，除了"家规"，还有一些生活常识需要注意。苏是旧金山的一位退休护士，她向我介绍厨房时，凭着以往的经验，我问道："冰箱和橱柜有使用规则吗？"她回答："可以用，牛奶喝完了再买一瓶就好。"物品用完后补上，爱惜每一件家电，是住民宿心照不宣的规则。

除此之外，相处之道也会渗透在民宿的方方面面，尤其是一些不愉快的小插曲。有一次，我和一群朋友到加州北部滑雪，合租了一栋木屋。晚饭时，大家展示各自厨艺，有人慢炖鸡汤，有人爆炒时令蔬菜，突然听到"啪"的一声，一个酒杯摔碎了。大家面面相觑，5分钟内清理了"犯罪现场"。

这个晶莹剔透的酒杯，刻着精致的花纹，看上去十分贵重。有些朋友认为房东不在场，而且杯子数量又多，碎了一个估计也不会注意到。但是我作为房子的预订者，需要为这个杯子负责。经过慎重考虑，我还是决定向房东道歉并表示愿意原价赔偿。

房东回复道："没关系，不用赔偿，谢谢你的诚实。"

我看着窗外松枝上厚厚的积雪，突然"哗"的一声从枝头滑落，墨绿的松枝露出原色，而我心里的一块石头也落了地。

尊重文化差异

住民宿时会直观地感受到文化和地域的差异，而尊重可以化解这些差异。房东与房客相互理解和包容彼此的生活习惯，不把自己的意愿强加在对方身上，也是尊重的体现。

　　我曾困惑于美国人的床怎么睡这个问题。在美国人的家或酒店里，被子和床单之间通常还夹了一层隔单，叫 flat sheet。一开始住民宿时，我不知自己应该睡在隔单之上还是之下。每次都很担心："前一位客人离开后，房东会换洗被子吗？"为此，我特意在网上搜索，也曾婉转地问过房东换洗被子的习惯。

　　直到有一天和接待过 900 多位客人的房东卡尔聊天，我才知道房东和房客对于这层隔单都有疑问。

　　"辰雨，在中国被子和床单之间有一层隔单吗？"卡尔问我，"因为我注意到中国房客经常把我铺好的隔单抽出来。"

　　"在中国，我们会定期清洗被罩，但是没有隔单。第一次见到隔单的时候，我还上网搜了用法。很多中国客人也和我一样困惑吧。"

　　卡尔说："我并不介意中国客人的做法，只是觉得使用隔单更卫生。我们不经常换洗被罩，但会给每位新房客换一条干净的隔单。"

　　除了床上用品，在国外倒垃圾时，也会遇到困惑。美国加州

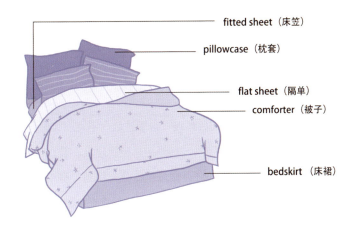

fitted sheet（床笠）

pillowcase（枕套）

flat sheet（隔单）

comforter（被子）

bedskirt（床裙）

床品中英文对照图

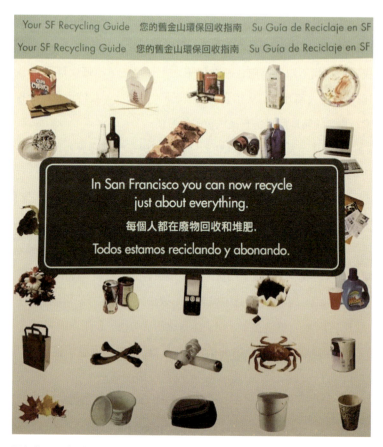

用中、英、西三种语言写的垃圾分类手册

重视环保，垃圾分类为可回收垃圾、堆肥垃圾、不可回收垃圾三种。不同型号的塑料有些可以回收，有些则是废物垃圾，装过比萨饼的纸盒不能回收，而水果皮却可以做堆肥。分类很细，房东已经习以为常，而房客第一次接触时，需要时间理解和适应。

文化差异是双向的，外国游客来中国也会经历东西文化的碰撞。在阳朔浪石水村，房东康毅是居住在上海的荷兰人，2009 年来到中国，会说浪石当地方言，并在篮球场上认识了当地人海波。海波帮康毅打理民宿，他几乎没出过国，却能说一口流利的英文。海波把康毅发来的每一条微信语音都保存了下来，睡前反复听，日积月累便学会了英语。

康毅把西方游客的习惯告诉海波："外国人喜欢独立自由，所以只要给客人基本的建议就可以。"慢慢地，海波深得西方式好客的精髓——给客人空间。他会提前征询并给客人选择的机会。而海波也向康毅展示中国式好客的方式，客人到来时，准备好茶、花生米、瓜子等小吃。浪石村资源有限，但拿出来招待客人的都是最好的食物。如今，海波已经接待了近 100 个国家的客人，我不禁感叹："你是我见过的最国际化的村民。"

两年过去了，我还时常想起海波的话："今晚，这里就是你的家。"带着广西辣椒油一样的质朴和亲切。

文化差异除了贯穿民宿生活的始终，走在街上也会不时遇到。初到日本，我发现东京大街上一些匆匆走过的行人都戴着口罩，于是问房东托莫其缘由。托莫是日韩混血，从小在美国长大，他说："听我说，辰雨，群居化是日本社会的特征。身体稍感不适，戴口罩是对别人的尊重。"一句"听我说"（Listen to me）表现出他西方人的直白，他接着指出，"你和我在美国待久了，美国社会讲究个性化，回到亚洲要入乡随俗。"

其实每一次入住民宿又何尝不是一次文化的混血，在与人相处中，加深了我对"尊重"这一词内涵的理解。

↑ 浪石房东海波,房客可以在桌上的小黑板　　↓ 房东准备的晚餐,配着广西特产的辣椒酱
　上选择是否需要午饭和晚饭

尊重房东个人习惯，建立合理边界

每位房东都是独立的个体，他们都有自己的习惯和规矩。

机长卡尔面相和蔼，淡蓝色的眼睛里闪着柔光，行事风格却颇为严谨。入住时，卡尔会给房客一张入住指南，里面列出了30条"家规"。因为他是严格的素食主义者，所以房客不可以把肉类食物带回家。另外，他认为微波炉有辐射，所以想加热食物只能用炉子。事实上，虽然仔细阅读过"家规"，但是面对陌生的环境，还有可能陷入思维定式的盲点，不小心就会触碰房东的底线。

在美国，洗碗机很常见，但每个家的使用习惯会不同，有些严格使用洗碗机消毒，有些是同时用洗碗机和手洗。和素食大厨卡尔学做松饼后，出于礼貌，我走到水槽边开始洗碗。卡尔说："辰雨，放在水槽里就行，碗筷我一起处理。"

我很疑惑："卡尔，食物残渣不需要冲一下再放进洗碗机吗？我只用了一个盘子，手洗也可以。"

他说："加州干旱，严重缺水，我也想为节水尽自己的一份力，通常我会攒满一起洗。"

他走过来，关了水龙头，然后指着我身旁的洗碗机说："这是德国最强力的洗碗机，脏碗可以直接放进去洗。不仅洗得干净，而且也很节水。"

卡尔的这种做法并不是吝啬，而是践行他的节水理念。

而洗衣服的规矩也是民宿中另一个常见的"家规"。在美国，衣服洗完后不能挂在阳台等公共区域晾干，而是要用烘干机烘干，否则会被邻居或路人投诉。因为烘干机耗电量很大，所以每间民宿都制定了不同的洗衣规则。例如，为了不打扰其他客人休息，只可在

↑ 卡尔在小黑板上工整地写着"极度干旱,请　↓ 一位房东家的洗衣烘干规则,她特别提醒
合理用水"　　　　　　　　　　　　　　　房客"洗衣前,请检查口袋"

晚上 10 点前洗衣服；每周免费洗衣服一次，额外使用另行结算等。这些都是房东对于房客及家中物耗的规矩。由于不同房东的习惯多有差别，入住时最好先了解再使用，这是更周全保险的民宿礼仪。

尊重房东的个人习惯，有时还会带来意外之喜。很多客人在卡尔家第一次尝试了素食，感叹道："原来素食也可以很好吃。"有些甚至向卡尔咨询食谱，回家后发来自己做的素食照片。

关于尊重，从房东的角度是推己及人，用自己在旅行中想得到的待遇去善待客人；作为房客，把房东家当自己家对待，落实到实践中。退房前，即使付了清洁费，也尽量把床单铺好，垃圾倒掉，把房子还原如初。心怀同理心，民宿体验也会更自在。

在生活中，我们可能会感受到他人的冒犯，但是否想过，自己是否先尊重了对方？尊重是相互的，当我们走进一个人最私密的空间，尊重主人的价值观、习惯和文化，也是一种自我尊重。

从家之盲点到人之盲点

在许多民宿中，我观察到房主对开关、电子锁、电视遥控器和热水器等家电的使用都做了贴心的提示与说明。或许这就是民宿与家的区别，在我们熟悉的家里，类似门把手要用力推一下才能开门的小麻烦，已经不再需要被提醒，因为我们习惯了，认为这是理所当然的事情。而第一次来做客的人，可能会因为不熟悉环境，而产生一些误解或安全的隐患。

瑞典语有一个词"hemmablind"（家之盲点），精辟地概括了生活中视而不见的"潜在危险"。我第一次在《四季》杂志看到这个词时很有共鸣，它谈到了我在住民宿中遇到的许多问题，比如：由于没注意室内的台阶，不小心摔倒在洗手间；房东忘了给大门钥匙，差点误了早班飞机；脚踝被凸出的门板撞到瘀青，等等。

有一次，在哥伦比亚的波哥大老城区，我住在双层公寓楼里。前一晚，我和这位五星超赞房东聊天，还认识了他刚学完钢琴回来的儿子，一切都如此愉快。我提前一天预约了一辆出租车，第二天凌晨 5 点起来，赶一天只有一班的飞机回旧金山上班。因为曾经遇到过房东给错了钥匙，深夜 1 点被困在上海弄堂里的状况，所以这次我仔细阅读了退房指南："离开时，把钥匙放在桌上即可，欢迎下次再来。"我安心地把门带上，却发现眼前还有另一扇铁门。

我顿时傻了眼，想尽办法也出不去那扇门。门外的出租车司机不停地喊我的名字，我只能隔着铁门和他说蹩脚的西班牙语："求求你，别走，否则我一定误机。"我给房东打电话，却一直无人接听。司机等了 15 分钟后，建议我向警察求助。

当时整栋楼一片漆黑，我从一楼跑上二楼，一家家敲门，喊着："Ayuda，Ayuda.（帮帮忙。）"终于遇到一位好心的邻居，他穿着睡衣，顶着乱发，打开了大门。他说了一通我听不懂的西班牙语，无奈的表情已经表达了一切。上车后许久，我的心依旧怦怦直跳。

回家后的第二天，民宿预订平台发来了写评语的系统提醒，我有些犹豫。直到被锁的前一刻，一切都很顺利，而这个锁门的小插曲，就像一碗饭吃到最后一口，突然被一粒砂子硌到了牙。发生这次意外，是因为房东没有接待过凌晨就退房的客人，忽视了整栋楼的大铁门早上 7 点才开的问题。

"家之盲点"的另一层含义可能是生活方式的盲点。因为房东已经形成了固有的生活习惯，没有全面考虑房客入住后可能产生的问题。盲点带来的不便和麻烦，即便只是一个小问题，也会让客人入住好感度下降。

从家到人，何尝不是同一个道理呢？

在家待久了，我们会忽视一些显而易见的问题；在同一个环境待久了，人也会倦怠和怀疑生活。在新的地方，却可以重新审视自己的生活。比如，我们可能会在欧洲疯狂地想念家乡的火锅，也可能在早餐中发现流油的咸鸭蛋的美好。

在住民宿的过程中，每周在不同的空间切换，接触新的人，也让我反观自己性格上的盲点。我收到的唯一一条差评来自一位退休的兽医房东，她写道："辰雨唱起了独角戏，滔滔不绝地讲着自己的经历，却没有考虑我是否感兴趣。"看完这个评论，我的脸开始发烫，如火烤一般。

这些年，因为在互联网、咖啡馆和民宿方面的经历，我做了几百场分享会，习惯了台下近百人兴致勃勃地听我讲故事，却有时忽视了对方是否有兴趣聆听。其实，留白也是交谈的艺术，有时一对一交谈时，单方面的输出不如认真倾听。聊天不是树洞，而是回音壁，树洞只是被动接受，而回音壁有回声。这条差评如鲠在喉，但是却给了我一次认识自己缺点的机会。

因为视野的限制，自我认知是有盲点的。我在别人的生活中，看到了自己生活方式和性格的盲点。我感谢那条差评，虽然一开始是抵触，但后来是感激，它让我从赞美声中醒来，认清自己的不足，并尝试改变。

如何对待生活中出现的问题，决定了我们会过怎样的生活。面对难用的门把手，用一句"习惯了就好"来自我安慰；面对凸出的桌角，用一句"下次小心"而视若无睹；当熟悉的环境出现问题，是寻找解决方案，还是被动接受？当生活两点一线，是接受稳定，还是尝试寻找新鲜感？

我遇到的房东们，在日常的折腾中找到乐趣：即使在公寓楼，他们在天花板贴上夜光星灯，晚上睡觉时也可以仰望星空。从家到人，这些不忽视盲点的生活家，在熟悉的环境中也能见山见水。

洛杉矶建筑师罗米娜把心爱的物件做成了客
厅的装饰墙

↓ 罗米娜客厅一角的装饰　　　↓ 罗米娜的厨房，按器物大小排列，井井有条　　　263

那些时刻，我也想过放弃

"以为你尽是风光"，一位读者在朋友圈给我留言。

在树屋的啾啾鸟鸣中荡秋千，在火人节房车顶上看沙漠日出，在奈良小木屋看日落，这些在朋友圈中收获最多点赞的照片背后，我也有着无助和想放弃的时刻。飞往纽约的航班因为暴风雪被迫取消后，我面临露宿街头的窘境；深夜被好莱坞制片人说哭时，朋友们问我为什么要如此折腾自己？

我的民宿生活实验不只有风光，也遇到了各种限制因素和阻力。比如，地方文化、自然因素、经济、工作压力和行程安排问题等。在"既可朝九晚五，又能浪迹天涯"的日子里，我每天都在练习取舍和自我调节。

地方文化与气候的水土不服

○ 墨西哥：停水断电

到一些欠发达的地区旅行，很可能会遇上停水断电的状况。在墨西哥首都，我特意挑了一位知名画家的女儿开的民宿。走进客厅，画架上放着一幅狗的画像，翻开书架上的一本墨西哥艺术史，恰好

＼ 墨西哥画家客房

✓ 客厅一角,白色的楼梯通往阁楼

翻到了同一幅画，画家的真迹就在眼前。回到卧室，我和闺密睡的床是画家亲手制造，这待遇简直像睡在画廊里。

然而，用心的软装并不能掩盖设施落后的现实。老房子的窗户漏风，网速极慢。出行前我和闺密在赶工作，没有仔细做准备，以为墨西哥四季如春，住进没有空调的民宿后，才体会到墨西哥的昼夜温差之大，半夜我们躲在被子里瑟瑟发抖。

更糟糕的是，短短 4 天的行程，还遇上了停水断电。房东发来信息说："厨房绿瓶子里的水是提前备好的，可以使用。"看见房东的应急措施，我大概猜到停水之类的状况可能经常发生。尽管从小到大经常遇到停水停电的状况，但墨西哥城高雅前卫的建筑与普通住宅形成的鲜明对比，还是让我感到了不小的心理落差。

在外奔波一天，我先洗漱完躺在床上，过了一会儿闺密回来了，问我怎么洗脸。"用绿瓶子里的水。"我回答。几分钟后洗手间传来一声惨叫，我起身连忙过去，原来水池旁有两个绿瓶子，一瓶是白醋，另一瓶才是自来水，我恰好用对了。闺密洗了很久才睁开眼睛，她无奈地说："我真是想念酒店，洗澡洗到一半变冰水然后没水，备用的水竟然是白醋……这简直是吃苦之旅。"我给她讲起那次在哥伦比亚，凌晨 5 点被锁在民宿大门内出不去，差点儿误机的故事。

闺密说："这都行？你真是太不容易了。遇到这种事我就会心累，不想干了，你居然一直在路上。到底是什么支撑你有这样一个信念？看来你真的很爱这项事业啊。"

相比于结果导向的"事业"，365 天住民宿是我了解世界的方式——每间民宿的个性和小瑕疵都在讲述着每扇门背后的故事。在墨西哥画家家里"吃的苦"看似是"代价"，但更是一分收获。比起在美术馆里看射灯下的画，我更喜欢被画家的作品包围，直观地感受画家的生活状态。

和墨西哥的"吃苦"不同，我在上海和香港感受到了在地气候和地方文化的不适。

○　上海：梅雨季节

原汁原味的老上海生活发生在弄堂里，你会看到剃头师傅、缝纫匠人和修鞋大爷。住在弄堂里，不再是走马观花的路过，而是融入上海淳朴的市井生活。

相比于标准化的星级酒店，民宿与在地文化紧密相关。上海弄堂里的民居改造，既保留了历史的痕迹，也带着南方特有的梅雨季节的味道。如果无法习惯，就会产生心理落差。

这种旧时光遗留下来的味道很独特，也渐渐让当地人习以为常。而初来乍到的游客，可能会更加敏感，梅雨天的味道或许会影响民宿体验和评价。每一次不完美的体验，都是在了解自己舒适区的边界。如果知道自己对霉味敏感，在选择民宿的时候，可以考虑避开。

○　香港：空间迷你

都说香港住房小，住过一次民宿，才能真切地感受到它的局促。

2017 年香港特区首次公布了人均居住面积——15 平方米，是内地的四成，新加坡的一半。大三暑假，我在香港的投资银行实习。当时公司安排了酒店式公寓，一个人住刚好。那时我所理解的香港还是光怪陆离下的维港、海港城、中环、铜锣湾和旺角，还有兰桂坊的彻夜无眠的酒吧、夜店。

而随后的两次民宿体验，让我了解了香港的民居生活。第一次，我住在尖沙咀一家印度人开的青旅。胶囊般大小的房间，约4平方米，睡觉要蜷着身子，设施倒是一应俱全。浴室不到1平方米，淋浴的花洒直接安装在马桶正上方。不过，全白的色调和合理的收纳装置，让狭小的空间丝毫没有凌乱感。

第二次在香港体验民宿后，我理解了文化差异带来的认知不同。2015年，我去香港庆祝生日，特意挑了一间位于上环生活区的民宿。楼下就是精品买手店、咖啡店、瑜伽馆和各种美食店。房源描述适合3—5人居住，并带有一个罕见的大露台，恰好可以在这里开一瓶香槟庆祝生日。

抵达民宿后，发现实际与描述大相径庭，这样的空间在其他城市里最多住2人。我和一位闺密都是高个子，一起挤在一张小床上，而另一位闺密睡了沙发，整个房间几乎没有可以摊开行李的空间。第二天，我们决定搬到几条街外的精品酒店。

无论是上海弄堂的潮湿，还是香港公寓的狭小，它们是当地特色最真实的展现。在上海，家中会常备有抽湿机、干燥剂等；在香港，长居者会合理地利用空间。而对于短期停留的旅行者，或许可以调整心态，让在地文化成为旅行的一部分。如果能引发对空间、地域的思考，也是旅行的一种收获。

在开展住民宿的生活实验中，除了民宿本身可能存在的种种瑕疵外，我也遇到了来自经济和工作强度等方面的压力。

经济压力

相比起更加划算的长租，短租高昂的经济成本是必须要考虑的因素。我是自费完成这个生活实验的，在美国工作和生活，本身也需要租房，而我选择了一种不同的居住方式。高于长租的费用，我把它当作人生课堂的学费。在 2015 年的洛杉矶，我给自己设定的每日预算是 60—80 美元，而同样水准的民宿在旧金山每晚是 150—200 美元。住民宿的隐形费用还包括城市税、州税、平台费、清洁费等。

2016 年，项目开展了 7 个多月后，我随着工作搬去旧金山，但是已经无法继续负担每日的民宿生活。有时为了节省开支，我会在假期飞往就近的拉丁美洲国家生活，因为包含机票在内，拉丁美洲的生活支出可能仍然低于旧金山。

我想过放弃，但却心有不甘。于是，我降低了更换民宿的频率，并和一些房东成为朋友，他们为了帮助我完成项目，有的给出友情价，有的愿意让我用技能换宿，比如我给一些房东的宠物画画，交换一周的住宿。除了房东朋友，同事也帮我渡过难关，当民宿价格高到无法下单时，好心的同事打开家门，支持我的项目。

很多次，我盯着心仪的民宿看了很久，鼠标停留在预订页面，却迟迟按不下"预订"按钮，只能默默地把房源存到心愿单。我常想："如果金钱不是这个项目的阻力就好了。"每到此时，我会意识到，只有更加努力地工作，才能坚持过"既可朝九晚五，又能浪迹天涯"的生活。

因工作紧张而暂停民宿项目

我选择的生活方式不是辞职去旅行，而是在上班的同时，以民宿为家。这就对人的执行力和掌控力要求很高。我建议有类似旅行想法的读者先评估自己的工作状况，比如工作强度、出差频率等，再做决定。如果工作相对轻松，可以更多地通过民宿来了解世界。或许，刚搬到一个陌生的城市生活，想要更快地融入和了解它，住民宿可以让你事半功倍。

这期间，我经历了两种工作环境，前7个月在洛杉矶，工作较为轻松，有精力把个人项目当作兴趣爱好来培养，而后5个月在旧金山，工作强度极大，最终只得暂停民宿项目一个月。

加入优步后，我每天背负着绩效考核和熟悉新环境的压力，同时又要坚持民宿项目，经常只能囫囵地预订民宿。有一次加班到深夜，迷迷糊糊地预订了一间民宿，当时还在纳闷昂贵的湾区怎么会有性价比如此高的民宿。周六出发当天，打车软件显示"地址无法接送"，我才知道犯错了。手机自动改正拼写的时候，把旧金山机场附近的小镇Burlingame（伯林格姆）修改成了美国南部的城市Burmingham（伯明翰）。这就好像原本要从北京去张家口，却把地点写成了张家界。

那天我拖着箱子，走进咖啡厅，在微信上求助，寻找住所，这样的临时请求收到了很多拒绝，心中的自责和委屈，像一碗辣油浇在心头。最后在太阳快下山时，一位硅谷工程师在客厅放了一张气垫床，接待了我。打车去她家的路上，遇到了一位干练高挑的黑人司机，她从后视镜里看到我的泪痕，安慰道："你身上自带积极的能量，一切都会好起来的。"

从那之后，无论工作量多大，我都会把民宿的地址、入住日期看两遍再预订。

真正让我决定暂停民宿项目的是一次出差过程中的反思。从旧金山去北京出差的飞机上，我幻想着把清单上的民宿都住一遍，甚至提前预订了好了几间。抵达后，我才意识到北京城之大。公司在四环之外，而有趣的民宿多半在二环以内的胡同里，一来一回，每天通勤将近两个小时。我坐在出租车内看着前面堵得水泄不通的街道，反问自己：这是我开启民宿实验的初衷吗？现在连每天吃饭和睡觉都无法保证，真的还有精力去观察生活中的美好吗？

最终，我按下暂停键，换成住在公司附近的酒店里。卸下了不停地寻找房源、搬家、堵车的包袱，人的状态也好了起来。被迫从一种状态中跳出来，何尝不是一次重新审视自己的机会？当车偏离了赛道时，我学会了及时调整。

自由的代价

○ 安置行李

很多在长住的家中不需要考虑的问题，放在四海为家的旅行中则成了我的日常。比如，如何保持行李箱内物品的干净；是否可以洗衣服，手洗还是机洗，烘干还是晾干。在预订前，我会仔细阅读入住守则，尽量避免预订不符合我基本生活需求的民宿。

频繁搬家的另一个痛点是行李的寄存问题。一方面，周一到周四晚上，我一般住在公司附近，但周末可能去其他城市旅行。为了尽量减少在两个城市同时付房费的问题，我必须和房东商量把多余的行李先寄存在他家，周一再搬回来住。另一方面，偶尔遇到特殊场合或季节性行李，比如冬天滑雪的装备，我需要提前打包好行李存放在房东家，用之前再去取。

沟通的过程中，我有时会感到不自在，甚至也问过自己为什么要不停搬家、折腾，给自己出这么多难题，以至于要求人放置行李，但现在回想起来，正是这个过程锻炼了我的沟通能力。

左边的蓝色旅行箱已经陪伴了我一年半的时间

○ 衣柜的断舍离

"你在过我想过的生活。"很多女孩这样评价我的状态，但当我提到需要放弃漂亮的衣橱时，她们会有一丝犹豫。

以前我喜欢冲动购物，看到心仪的物品就想搬回家，家里摆放着 10 多年旅行中收集的非洲面具、南美陶艺、东南亚织物和欧洲木器，它们是美好时光触手可及的记忆。我也有收藏癖好，从咖啡馆里的标识贴纸到餐馆的创意菜单，我会把它们贴到手账里。

朋友说："喜欢记手账的人，很难断舍离。"

选择以民宿为家，最大的壁垒是自己，是我 20 多年养成的生活习惯。长时间高频次的搬家，空间被限制，我不得不放弃囤积小东西的习惯，旅行箱就是全部家当。我也有烦恼，每隔两天会穿同一件衣服，我担心同事觉得我不换洗衣服，因此预订前我都会确认房东家是否可以洗衣服，也习惯了洗澡后，立刻将衣服手洗晾干。

梭罗说过：一个人的富有程度，和他能舍弃的物品成正比。当购物的权利被限制后，我将穿搭的时间留给了记录生活，与房东深度交流、建立友谊。

被动断舍离的过程，让我重新审视哪些是离开它便无法过日子的物品。现在购物时，我会先问自己："我真的需要这件衣服吗？买了之后，一年会穿几次？"而我之前购物的理由是："万一哪天需要呢？"或许这是最大的错觉。

不拥有很多物品，也可以认真过好每一天。

放弃原有社交方式，和房东"谈恋爱"

民宿和房东是我了解一座城市的眼睛。每敲开一扇家门，就像翻开一本书。读书需要时间，了解有趣的房东也一样。人与人、人与空间的连接需要时间和信任。而每个人的一天都只有 24 个小时。结交新朋友的过程，就意味着和老朋友们面对面相处的时间会减少。

深入房东的生活，和他们一起做早餐、徒步，甚至采访他们，并成为经常来往的朋友，精力的投入就好像和他们谈了一场"恋爱"。朋友们开玩笑说："最完美的结局是你在住民宿的过程中遇到未来的老公。"的确，在旅居期间，我收到过暧昧的表白。有一次，我仔细阅读留言后，发现房东写道："再写下去，这就变成一封情书了。"我也遇到过我很欣赏的人，但都因为经常搬家的状态错过了。

因为时间精力主要留给了民宿房东，我无法参加公司周五的聚餐和团建。而与老朋友的沟通，我必须有所取舍，从大而广的朋友

Bonjour Chengu,

First its been years since I've use a pen and paper, my apologies for the hand writing and spelling mistakes.

On a scale of 1 to 10, you are an 11! You break the scale. You are a ray of sunlight in a ~~dark~~ dARK world. Your possitive energy is contageous. I could watch you smile all day and listen to you voice for ever. You reminded me of why I host... it's to meet thought provoking, forward thinking people such as yourself. I letter stop, people will think this is a love letter... but in some way it is, your beauty shines and we mere humans have no choice but to love you.

I bow to your
Buddah nature
Namaste

圈联系人，减少到最亲密的朋友。见面时，我会把手机收起来，保持专注的状态，相处的质量反而比之前更高了。不能见面的朋友，会保持线上沟通，看到有用的文章，会分享给朋友。有一次，因为要采访房东，我无法和老友聚餐，他发来微信说："精神之交，细水长流，支持你做的事情。"这条信息缓解了我深深的内疚感。

我思考过以民宿为家的选择，必然要牺牲原有的社交方式，但每个选择的沿途都有风景与困难。人生何尝不是一次次取舍呢？认准了一件事，我会坚持，即使意味着暂时要放下那些"人生必须做的事"。

通过民宿在城市中探索

民宿是当地人的家，不是服务型酒店，它不完美，但很真实。365 天民宿之路，仿佛在坐过山车，在兴奋与疲倦的状态中不断交替。频繁的搬家，需要快速熟悉环境。有的家需要使用三个遥控器才能看电视；有的洗手间里有台阶，容易让人摔倒。这些体验虽有挫败感，却锻炼了我一颗坚韧的心。

亲戚朋友心疼我说："你这样到处漂泊，有时还会无家可归，不难受吗？为什么要和自己过不去？"但是，在我的字典里，完美的生活并不有趣，走过弯路，沿途也是风景。住民宿的生活让我逐渐上瘾，停不下脚步。所以，民宿计划结束后，我还是没有长租房，继续住在不同人的家里。

有了这份攻略，也许你也可以在自己的城市里探索，选择用一个周末，到不熟悉的街区转转，休整充电；也可以与房东聊聊天，结交各行各业的朋友；即便有工作在身，也可以换个环境换个心态加班，对生活的选择多一些思考。

没有潇洒的生活，只有认真的态度

人有时候会怀疑自己，为什么要做一件看似"疯狂"的事？我也有过低落情绪，当负能量缠身的时候，我通常会去瑜伽馆待一两个小时。瑜伽老师一边教体式，一边传递着生活哲理。有一位老师把人生比作一壶茶，煮太久了水就会干。寓意是凡事不要过度，适可而止。在瑜伽馆，我可以静下来消化自己的情感，与内心对话。课程结束时，我的眼眶常常是湿润的，但走出瑜伽馆的那一刻，内心更加坚定。

很多次，我想过放弃，停下、休息，过"正常"的生活。在项目的最后几个月，人很疲惫。那时我一边平衡着中美跨时区连轴转的工作，一边追求着自己理想中生活的样子。常常下班已是深夜，即使很累，也一心想着把房东故事记录下来，把手机里几万张照片整理成相册。打车回家的路上、坐飞机和乘大巴的旅途中，我通常在手机上修图、写文章。如果不记录，我怕这些生活片段会被慢慢忘记。望向车窗外的风景，偶尔我也会想，"真希望一天有48个小时。"

虽然我们不能决定命运给予什么，但是可以把控的是对生活的态度。我选择了坚持，并为它负责。

@chenyuz
San Jose, CA 2018

在"苹果姐姐"公众号输入"**写书**"，观看我写书的心路历程短片。

通过对民宿的观察,可以看出主人对绿植的喜

爱,从而引出聊天话题

我在"民宿学校"学到了什么

当民宿不再是旅行中的住宿选择，而成为一年 365 天的生活方式时，与房东沟通与相处、入住与退房、挑选下一家民宿等问题，都变成了生活的日常。曾有读者问我："不断搬家，你是如何保持热情的呢？"我想，或许热情是来自对下一个家的期待。

有趣的人把生活过成一部电影，吸引我走入他们的生活。如何与房东打开话匣？如何与房东从路人变为朋友？如何调整心态，创造良好入住体验？如何做到只带一个旅行箱上路？一间间民宿变成了我的移动课堂，迎接我的是一位位生活智者，教给我课本上学不到的智慧。

而找到有趣的房东并不简单，还需要一份执着。为了体验一辆复古房车，我等了 4 个月；为了住进一位经常出差的西班牙建筑师的家，我等了大半年。看照片时满怀憧憬，入住后更是惊喜不断。摄影师桑尼把家当作快闪店，每隔几个月就变个样；老爷车爱好者艾伦不时将旧物市场收集来的老古董轮流陈列于家中。他们对家、对生活的热爱，扑面而来。

一路上，我也有了自己的民宿仪式，和房东共度美好时光——做早餐、骑行、徒步，并与他们在日常来往中成了朋友。

沟通能力：怎样和房东融洽地交流？

我喜欢有二三十年岁月感的老房子，因为家里的物品会说话，屋里常有房东几代人的合影，也有主人踏遍世界的足迹。时光赋予它们意义，有了独特的味道，也成了和房东打开话匣的话题。

○ **通过家中物品打开话匣**

第一次走进陌生人的家，可能会有些不安，想认识房东又不知如何开口，别担心，入住前可以做些功课。通过阅读了房东的自我介绍、房源描述和以往房客的评价，可以大致了解房东的个性与喜好。每次完成预订后，我对聊天的切入点已经有了基本概念。

下一步，是带着好奇心和洞察力入住。走在街上，我们只能从外表了解一个人，而家是最私密的空间，能捕捉主人真实的一面。每到一个家，跟着房东参观屋子时，我的眼睛就像快门，快速记录不同的细节。比如，房间的色调和风格、书籍的种类、桌子的材质等，对房东的认识也随之立体起来。

这些细节便成了打开话匣最好的素材。在旧金山退休护士苏的家，我留意到她的 Wi-Fi 密码是人名和数字的组合，预感背后一定有故事。"这是你孩子的名字吗？"她抬起头，透过老花镜，淡绿色的双眸透出惊讶的目光，"对啊，这是我小儿子，他曾给麦当娜当伴舞，只是很年轻就走了。"她眼睛转向别处，停顿了片刻，回过神又继续说道，"有一部讲述麦当娜舞团的纪录片，摄制组特意来我家采访过，他们说我儿子是麦当娜得力的舞伴。"在与苏的对话中，我能感受到她情绪中除了透着一丝遗憾，更有一种骄傲。

第二天，我在厨房吃早餐时，看见桌上摆着一张纸条，上面写着"*Strike a Pose*"——是那部纪录片的名字。

有了第一次深度交流，也熟悉了彼此的生活习惯后，每到早晚餐时间，我们总会不约而同地出现在苏的厨房，聊上一会儿。苏是本活字典，从美国的嬉皮士文化到抑郁症的疗法，她都有了解。她还很自豪地谈起已过世的丈夫，曾在加州爵士乐圈颇有影响力。

就这样，一串 Wi-Fi 密码成了我打开房东故事的钥匙。随着经验的积累，我可以更快地找到和房东交流的话题。从冰箱贴发现我们共同的旅行足迹；在书架上找到共同喜欢的作家；由一尊大佛捕捉房东对亚洲文化的兴趣。住民宿中观察到的小细节，都成了自然而然引出的话题，而房东通常都很乐意分享它们背后的故事。

○ 营造良好氛围，把握谈话节奏

打开话匣后，收获一次充实有内容的聊天，时机和节奏都很重要。

聊天的最佳契机可以是抵达后、房东展示家的时候，也可以是和房东相约喝上一壶茶的时候。为了避免尴聊，有哪些小技巧呢？

聊天过程中，想产生更好的互动，可以尝试以下两点：

首先，打破距离感，营造自然的聊天氛围。陌生人之间通常会保持得体的距离感，而朋友间的沟通会更轻松。有一次，房东布莱恩在煮咖啡。看到我走进厨房，他停下来和我聊天。我马上说："布莱恩，请继续（煮咖啡），我不介意。"这句话是对房东尊重的回应，让他知道我不介意边煮咖啡边聊天的方式，从而打破了陌生人初见时正式拘谨的沟通模式。

其次，察言观色，根据房东的状态，把握聊天节奏。一位退休的兽医房东在对我的评价中说："辰雨很喜欢分享，却没有考虑我是否对话题感兴趣。"这句话让我醍醐灌顶。高质量的聊天像打乒乓球一样有来有往，我们可以通过微表情、肢体语言等判断房东的状态。避免单向的沟通，给双方留足够的机会互动，而不是沉浸在自己的故事中。

○ 寻找共同话题，让聊天更有趣

首先，告诉房东这是你第一次来他们的城市旅行，可以降低交流的门槛。听到"第一次"这个词，房东一般会更热情地介绍景点，甚至邀请你参与到他们的日常生活中。比如，一起逛农夫市集、吃早餐、参加派对等。

其次，从自己擅长的话题切入，比如职业、爱好等。如果是出境游，外国人通常对中国历史、饮食、文化感兴趣；如果有旅行手账或相册，可以给房东展示，旅行中的照片可以快速破冰，拉近人的距离，并产生更多话题。

最后，不要成为话题终结者。聆听房东谈论的内容，找出共鸣之处，并跟进提问。学会提问是另一种互动，遇到不懂的话题，不要乱说，可以虚心提问，让对方多讲，做个好的倾听者。

保持开放的心态，尝试并接受新鲜事物，不害怕碰壁，会收获愉快的沟通体验。

○ 准备感谢卡与小礼物，为自己加分

除了面对面，纸上留言和礼尚往来也是跟房东互动的方式。

离开民宿时，我通常会买些小礼物送给房东，并写一张感谢卡，或者在留言簿中分享自己的入住体验。比起纯粹的致谢与客套，分享入住中的小细节，比如"谢谢你准备的小零食"，更能拉近与房东的距离。

　　离开东京前，我把剩下的日元硬币放进了房东的爱心罐。年底时，房东把收集到的硬币一并捐给慈善组织，我的祝福也随之到了世界的其他角落。

如何与房东成为朋友？

　　住民宿，是我快速融入城市、结识新朋友的方式。经常有读者问我："苹果姐姐，你怎么和房东成为朋友的呢？是不是每次都是房东在家的时候入住？"

　　大部分时间，我会住在房东家里的客房。同住一个屋檐下，免不了产生交集：坐在客厅的沙发上聊天，在餐厅一起吃饭，共用一台洗衣机。两个原本陌生的人，却因为在一起生活过而成为朋友。在家中，人会卸下防备，呈现出最自然的状态，这样产生的交流更真实，友谊的基础更稳固。

　　在拉斯维加斯，我的房东是百货商场经理克丽斯塔。入住前，我担心与这位金发碧眼的"芭比娃娃"没有共同语言。而入住后，一次相约徒步的经历，让我对她有了更深的了解。虽然我和克丽斯塔只是房客与房东的关系，但当我们敞开心扉后，发现彼此对自然、善意和简单生活的共同追求。临走时，克丽斯塔送我去机场，并邀请我下次再来。

　　还有一些时候，即使没见到房东，也一样可能成为朋友。

　　有一次，我和朋友们去加州北部滑雪，合租了一整套木屋。入住期间，我和房东卡琳分享了聚餐合影，很快收到一个大大的笑脸回复。卡琳和我平日都住在洛杉矶，都喜欢瑜伽和冥想，因为兴趣相投，我主动约她喝咖啡。一见面，卡琳说："我喜欢这里，你很会选哦。"几天后，我去农夫市集买菜再次偶遇卡琳。

　　每次离开民宿前，我会和房东交换邮箱、社交媒体账号或手机号码，保持联系。离开民宿只是一段友谊的开始，日后我还会找机会到房东家做客、吃饭、爬山，甚至帮房东照看宠物。彼此欣赏，并愿意主动交往，是和房东成为朋友的基础。

"野蛮生长"的能力

　　民宿是非标准化住宿，免不了会遇到突发状况，产生心理落差。住民宿的过程，也是不断打破舒适区，"野蛮生长"的过程。所以，考虑周全，有备无患，就变得尤为重要。下面分享几个实战经验：

○　入住前：

1. 和房东确认自己特别在意的细节，减少不必要的矛盾。比如，餐饮咸淡、是否有忌口、房屋基础设施需求、Wi-Fi 是否稳定、房间是否靠近马路、是否可以洗衣服等。

2. 提前告知房东抵达的时间：坐飞机可能会遇到航班延误、取消等情况，提前告知，并随时根据行程将信息更新给房东。

3. 备份地址，应对突发状况：把地址记在纸上或者手机备忘录上，同时发一份到自己的邮箱里，即便手机丢失，还可以在邮箱里找到。

4. 一家人出行：如果子女想住风格奇特的房源，先和父母确认，避免因两代人观念的不同造成心理落差。

○　**抵达民宿的最佳时间：**

1. 偏远地区的民宿，天黑前抵达。

2. 尽量避开堵车高峰期。

○　**民宿入住期间：**

1. 快速适应环境：了解家电开关、餐具的位置、冷热水开关等。国际标准中，水龙头左手出热水，右手出冷水。

2. 和房东确认洗衣服的规则：洗衣机是否有使用次数的上限。

旅行中的极简智慧

"你的行李怎么办？"这是我被问到最多的问题。

2014 年 8 月，公司派我从洛杉矶到深圳筹建中国分部。2015 年 10 月，我带着两个行李箱从深圳搬回洛杉矶，并决定延续阳朔的民宿旅居生活，开始了 365 天民宿计划。为了减少频繁搬家对工作、精力的影响，我把生活必需品精简到一个旅行箱中，开始实践断舍离。

行李中，有两样物品十分重要：

○　**一本手账**

手账是我每天随身携带的必备品——它是我的生活方式，记录旅途中的点滴瞬间，收集途中遇到的小东西（比如车票、房东的手作，甚至是一根鸡毛）和每一位房东的故事。

我挑选了一款大小适中的手账，轻便且内页没有格线，把想象空间留给自己。我喜欢坐在咖啡馆里涂鸦，用画画的方式捕捉日常容易忽略的细节。比如，店里样式各异的椅子、杯子的雕花、茶壶底部刻着的字等。画完后，再贴上店里的贴纸、盖上印章或者贴上某款手工小食的包装纸。回家后，翻着一页页手账，或许这样比照片更容易勾起回忆与情感。

○ 一双镂空拖鞋

除了手账本，我的箱子里放着一双黑色镂空塑胶拖鞋，它代表了我旅行中的极简理念。

2015 年 9 月，我与它在桂林的一家小铺相遇。选择它，是因为简约、百搭、易干。由于经常搬家，可能早上洗完澡不久就要收拾箱子上路，湿拖鞋放进箱子里会不方便，速干的特性对我非常重要。两年多的民宿生活中，这双拖鞋陪我搭了几十次飞机，绕地球转了几圈——从桂林到新加坡，从深圳到洛杉矶，从旧金山到纽约，从波哥大到哈瓦那，从墨西哥城到东京，足足走过了 20 多座城市。

开始极简生活后，我会思考行李箱中的每一样物品的实用性和便携性。下面是我的行李清单：

1. 衣服和裤子：3—5 件，速干、防皱、百搭，颜色以黑白灰和深蓝为主。

2. 鞋：运动鞋、通勤鞋、拖鞋，共 3 双。

3. 收纳袋：把零碎物品分类分区摆放，合理利用行李箱的空间。

4. 分装瓶：用于携带沐浴露、洗发液、洗面奶等。

5. 洗漱包、化妆包：按功能整体收纳。

6. 压缩浴巾：遇水变成一整块浴巾，轻巧便携。

7. 挂钩和衣架：挂钩和衣架各 2 个，方便挂衣服。

8. 透明塑封袋：随身携带多个，收纳同类物品。

9. 应急零食袋：经常在路上，没有时间吃正餐，我会准备零食包，包括能量棒、袋装杏仁、润喉糖等。

10. U 形护颈枕：坐飞机、大巴，护颈枕可以保护肩颈。

11. 充电宝：随身携带 2 个充电宝，其中一款自带插座。

12. 药物包：准备基础药品，有备无患。

13. 感谢卡：退房时，我会手写一张感谢卡，并搭配当地特色伴手礼。

在极简旅行中，我也遇到过一个旅行箱无法驾驭的特殊状况，比如主题派对、婚礼等。接到了主题派对的邀请，有些房东会打开自己的衣橱帮我打扮；到异地参加婚礼，房东会帮我签收提前在网上租赁的礼服。每一次特殊状况都因为房东的帮助和信任而解决。

美国抽象表现主义艺术大师汉斯·霍夫曼说过："做减法的能力意味着消除不必要的事，让必要的事发声。"我的理解是做减法的过程，其实是做加法。减去不必要的事，而把时间精力分配给像提升个人修养、丰富人生体验这样真正重要的事。简单的物质生活给了我更多时间去思考、学习和倾听，或许这是我从极简旅行中获得的智慧。

从心态到行动，安全感的认知

一个采访中，主持人问我："长时间高频率的搬家，会不会有强烈的不安全感？"

10 多年前的高中留学和寄宿家庭经历，让我未成年时就离开了温暖的家，去适应陌生的环境。盖乐普夫妇让我感受到人与人之间的善意，即使语言、肤色、背景有很大差别，也可以成为彼此的亲人。在陌生的环境有了家一样的地方，帮我克服了不安与自卑，有了一份安全和踏实。

同样，在旅行中选择住在当地人家里，可以化解陌生感，更快地融入环境。每一位房东都是我精心挑选并想认识的朋友。和房东深入沟通后，找到精神层面的共鸣，从而对一座城市产生归属感。

而从旅行切换到生活，在自己居住的城市，也可以通过"城市游牧"的方式找到归属和认同。

2018年春节前，我在上海遇到了来自武汉的弥生。19岁的时候，他在上海实践了我的不长租房生活实验。他告诉我："初来一个陌生的城市，会有想象和兴奋的期待。但时间久了，会有不能融入的失落和孤独。工作、生活和短途旅行不同，短途旅行满足了好奇心后，会回归熟悉的生活。长期的居住，除了要接受工作的辛苦，还要忍受文化上的差异。"

"读到你的365天住民宿实验报道的那天，我眼前一亮，这或许是快速融入城市、认识新朋友的一种方式。那时候，从未在陌生人家里住超过一周的我，当天下班就开始了尝试，既兴奋又紧张。"

那半年，弥生遇到过热情好客的房东，也遇到过冷漠不友善的房东，而来来往往的房客们也打开了一个新世界。"大家在这个城市短暂的停留，不确定的随机性让住宿的空间变得好玩了很多。每天更换的室友来自世界各地，有自己的故事、认知和看法。从好奇心出发，因为民宿空间随机的连接，我们可以面对面交流，打破国界，交流变得没有了距离。"

他说民宿像是一个更纯粹的社交软件，"微笑和真诚能消除冷漠和防备，食物也能拉近彼此的距离"。半年后，他没有以前那样封闭自己了，并在陌生的城市找到了归属感。

当离开家乡到异地打拼，弥生和我选择了用体验民宿的方式探索陌生的城市。住宿时间可长可短，虽然在费用上高于长租，但何尝不是一笔社交经费，认识了天南海北的朋友，更打开了自己的眼界。住民宿，是找寻知音和自我的过程。写书亦是。

一栋房子因为里面住的人而成了家，没了烟火气息的房子，再美也只是建筑作品。我发现房子带来的是物理空间的安全感，而持久的安全感来自精神世界，来自空间里的人和物。

以民宿为家的日子里，我时常会觉得自己的身份是记者，敲开了一扇扇门，与生活家们相识相知，用文字和影像记录一段段故事，也记录着我自己的人生。

2017年12月,每天我面对着莫干山的这片平静

的湖水,从早上7点到午夜进行写作

后记：此心安处是吾家

在海外生活了十几年，我的中文写作带有英文思维，写书的过程像是一次自我探索与提升。自 2017 年 5 月从硅谷辞职，我全力投入到这本书的写作中，一年多时间里，有太多的人要感谢。

感谢爸爸妈妈，全力支持我高中出国，去探索更广阔的世界；感谢高中接待我的盖乐普夫妇，让我明白了以诚待人的意义；感谢美术老师诺伊斯先生，激发了我的创造力和对画画的热爱。感谢尹岩阿姨、犀牛大哥、麦田、柳帆在本书筹备过程中的指导。

很多人为这本书做出重要贡献。比如，烟卷儿对文章逻辑给出了重要的建议；叶青和海珊与我讨论书稿，最长的一次电话会议是 12 个小时，等等。感谢烟卷儿、叶青、郝海珊、谢宇轩、陈艾艾、彭洁、陈聪、康璐、冯哲、阿娇桑、朱晶晶、瞿晶晶、王非非、吴培培、王芳、张晓伊、吴虹燕、雨停、杨琬、徐莹岚、戴思婷、石一君、陆雪、赵亚鹏、杨昱佳、军坦坦、李子情、薛冰、杨一番、李彤，以及参加试读会的朋友们和每一位在我写作过程中给予建议和反馈的朋友。

感谢王晶晶和阿车对我的不租房实验的全面报道，让我看到了书的雏形。感谢魏一平和三联松果对此生活实验的记录。

在写作最集中的一个月里，感谢蒋煜超和他的团队在莫干山为我提供了一个优美安静的写作环境；感谢夏雨清老师介绍莫干山的民宿给我。感谢杨毓杰、朱帅、郑祺、华千茹、侯泓杉、申家晴、张晨辰，以及每一位为我打开家门的朋友，无论是在北京、杭州还是旧金山，接待并提供我借宿和安心写作的空间。

感谢孟凡超帮忙拍摄多幅照片、封面图片和制作纪录短片。感谢胡凌志、常静、蒋倩雯，帮助记录房东的故事。感谢赵燕霞、王朝辉、薛煜桐、薛煜楠的技术支持。

感谢中信出版社的同仁长达一年的支持与配合；感谢设计师苗苗把书呈现出我想要的样子。

还有每一位关注和支持我的读者，在此一并感谢。是你们让我切身感受到了分享的力量和它能给人带来的积极影响，给了我动力坚持下去，传递生活中的美好。

我的家在路上，606天不是开始，更不是结束，有关家的探索还在进行中。

Home is where the heart is. （*此心安处是吾家。*）

写完这本书，我回到美国，把那些住过的家、遇到的人用镜头记录了下来，与你分享。